中国神话故事

美绘
典藏版

尧舜时代

袁珂 / 原著

孙蕾 黄洁 / 改编

APTIME
时代出版

时代出版传媒股份有限公司
安徽少年儿童出版社

图书在版编目(CIP)数据

中国神话故事(美绘典藏版)·尧舜时代 / 袁珂原著;孙蕾,黄洁改编. —合肥:安徽少年儿童出版社,2018.1(2020.6 重印)

ISBN 978-7-5397-9632-1

Ⅰ.①中… Ⅱ.①袁… ②孙… ③黄… Ⅲ.①神话 – 作品集 – 中国 Ⅳ.①I277.5

中国版本图书馆 CIP 数据核字(2017)第 104246 号

ZHONGGUO SHENHUA GUSHI MEIHUI DIANCANG BAN YAO SHUN SHIDAI

中国神话故事(美绘典藏版)·尧舜时代

袁珂 / 原著

孙蕾 黄洁 / 改编

出 版 人:徐凤梅	策划统筹:黄 馨	责任编辑:李 琳 王少锋
责任校对:王 姝	责任印制:郭 玲	装帧设计:林格伦文化

内文插图:阿 莘

出版发行:时代出版传媒股份有限公司 http://www.press-mart.com

安徽少年儿童出版社 E-mail:ahse1984@163.com

新浪官方微博:http://weibo.com/ahsecbs

(安徽省合肥市翡翠路 1118 号出版传媒广场 邮政编码:230071)

出版部电话:(0551)63533536(办公室) 63533533(传真)

(如发现印装质量问题,影响阅读,请与本社出版部联系调换)

印 制:安徽联众印刷有限公司

开 本:710mm×1000mm 1/16 印张:12 插页:2 字数:148 千字

版 次:2018 年 1 月第 1 版 2020 年 6 月第 2 次印刷

ISBN 978-7-5397-9632-1 定价:25.00 元

袁珂（1916－2001），四川新繁人，国际知名学者、当代中国神话学大师，中国神话学会主席。1950年，他的第一部神话专著《中国古代神话》出版，这是我国第一部较系统的汉民族古代神话专著，由此奠定了袁珂先生的学术地位。之后，袁珂先生撰写了《中国神话传说》《古神话选释》《神话论文集》《袁珂神话论集》《中国神话百题》《神话故事新编》《中华文化集粹丛书·神异篇》《山海经校注》《中国民间传说》《山海经译注》《中国神话传说》《山海经全译》《中国文学史简纲》《中国神话史》《袁珂文艺论集》《中国神话大词典》《巴蜀神话》（合著）以及电影剧本《嫦娥奔月》等20多部著作及800余万字的论文，其中，《山海经校注》获1984年四川省（重庆）哲学社科科研成果一等奖，《中国神话传说词典》获1985年四川省社科院科研成果特别奖，《中国神话史》获1990年四川省优秀科研成果荣誉奖，《中国神话通论》获1994年四川省哲学社科优秀科研成果荣誉奖，《中国神话大词典》获1998年四川省哲学社科科研成果一等奖。

袁珂先生的大多数著作在马来西亚、新加坡以及我国的香港和台湾地区多次出版。在国外，其著作被翻译成俄语、日语、英语、法语、意大利语、西班牙语、捷克语、波兰语、葡萄牙语、丹麦语、荷兰语、匈牙利语、挪威语、印度语、韩语、世界语等多种语言。除了中国，还被日本、美国、新加坡等国选入学校课本。

序　言

袁思成

一

　　神话起源于人类的童年。在远古时期，人类认为世间的万事万物都具有灵性。他们是那样的天真活泼、那样的稚气未脱、那样的真挚可爱、那样的勇敢无畏，对整个天地宇宙充满着好奇与想象，于是，他们运用智慧和想象力，不断地解释世界、解释生活，在创造物质财富的同时，创造了丰富多彩的精神财富。神话就是其中最重要的精神财富，世界上各个国家、各个民族，都有自己悠久而动人的神话传说。

　　众所周知，希腊神话向人们展示出永久的魅力，其神话典故被哲学家、文学家、艺术家等大量引用在作品中，光芒四射、发人深省，成为希腊艺术的土壤——正是从希腊神话中，才产生了辉煌灿烂的希腊艺术。中国神话也不例外，其中包含了众多的神话典故，如《嫦娥奔月》《吴刚伐桂》《牛郎织女》，等等，丰富而壮美。这些典故常常被文学家们引用于作品内，展现出一种积极的浪漫主义精神。

可以说，在任何时代，任何国家和民族的优秀文学艺术，总是需要从神话的乳汁中汲取营养。若是没有希腊神话，欧洲的文艺复兴不一定能绽放出灿烂的花朵。同理，倘若没有中国神话，我国古代也难以出现像屈原、李白那样的大诗人，更不可能出现像《西游记》《镜花缘》那样经典不朽的作品——即使像杜甫那样的现实主义诗人，也经常在诗中运用许多神话典故。如果失去了中国神话，我们的文化艺术一定会变得暗淡无光。

除了对文化艺术产生了深远的影响，神话还具有丰富的美学价值与历史价值，它与远古的人类生活和古代历史有密切关系，是与人类早期的婚姻家庭制度、原始宗教、风俗习惯等有关的很重要的文献资料。可以说，神话是远古人类创造的瑰丽的宝石，是无比珍贵的文化遗产，永远值得少年儿童通过阅读来传承下去。

二

然而，长久以来，在西方世界，作为西方神话代表的希腊神话以体系严明著称——高居奥林匹斯山顶的主神宙斯率领众神统治宇宙。与此相比,中国古代地域辽阔,远古时期的三大民族集团(华夏、东夷、苗蛮)文化不一致,没有形成一个固定的主神和完整统一的神灵体系。同时,中国古代也没有出现荷马、赫西俄德那样的史诗诗人,来整理互不统一的神话传说材料。这样,未经系统整理的中国神话传说资料散见于各种古代典籍之中,整理时往往需要钻进浩如烟海的古籍中查找,弄得人头昏眼花,摸不出个头绪,十分困难。在这种情况下,西方人普遍认为:中华民族是一个没有神话的民族,仿佛天生弱智、缺乏想象!

父亲袁珂先生潜心于神话研究长达 60 年,是建立中国神话学的主力学者,在神话学资料的收集、整理、梳理、分析、研究、出版以及普及神话学知识方面著述甚丰。西方的这种"贫乏说"的偏颇看法,深深地刺痛了父亲的神经,他深知,中国不仅有神话,而且极为丰富多彩。丰美的神话传说如散珠碎玉,迷失在浩瀚的经史子集中。父亲经营一生,将这些散落的珍珠、玉片用一根根丝线贯穿起来,使中国神话学成为一门既有科学价值又有文学价值的独立学科。

就这样,父亲凭借着精卫衔西山之石以填东海、夸父锲而不舍追逐太阳的精神潜心钻研,硬是将这件看似常人无法办到的事,理出了头绪。他犹如一位高明的考古学家,"用艺术的纯青炉火和大师独具的匠心"，将破碎、零散、残缺的珍珠碎玉整理、修补，尽可能地恢复其原貌，将我国从盘古开天辟地到秦始皇时代的神话传说故事熔铸成一个庞大而有机的古神话体系，从而使中国神话可以与希腊神话媲美，屹立在世界的东方，也使"贫乏说"自此消歇！

在父亲看来，中国神话永远有着鼓舞人志气的力量，它不会使人颓废、消沉、动摇，即使在逆境中，也让人看到光明。

三

中国古代神话传说主要是以华夏族（即汉民族的前身）神话传说为中心，吸收了部分东夷、苗蛮的神话传说而逐步形成的。那时没有文字，这些神话传说都是口耳相传，经过千年的发展演变，又不断被后人增添新的内容。

原始人类起初是蒙昧无知的，由于长期的劳动，双手教导头脑，使头脑逐渐变得聪明起来，对大自然所发生的各种现象，如太阳和月亮的运行、虹霓云霞的变幻、风雨雷电的搏击、森林里大火的燃烧，等等，产生了巨大的惊奇的感受。惊奇而得不到解释，便以为它们是有灵魂的东西，把它们叫作神。从这时起，便有了一些解释自然现象的极其简单的神话。这类神话在中国已经不多见了，一个典型的例子就是《淮南子》中记述的"共工怒触不周之山",使"天倾西北,故日月星辰移焉;地不满东南,故水潦尘埃归焉"。

原始人类并不满足于仅仅对自然现象做解释,随之而来的,便是征服自然的神话。由于原始社会的生产力极其低下,人类长期面临生存的压力和与自然做斗争的困难,他们就有了控制甚至压倒自然威力的欲望,开始歌颂用斧子开天辟地的盘古、抟泥土造人和熬炼五色石子补天的女娲、治理洪水的鲧与禹、教人种庄稼的后稷……这些神都是原始人类心目中的英雄,具有超人的神通,同时又是他们亲密的朋友。

原始人类创造了神话,无形中也将自己身上的各种优秀品质灌注在神话里的神和英雄的身上。看哪,那追赶太阳的巨人夸父是何等的豪迈!那用小石子和小树枝去填平大海的小鸟精卫是何等的坚忍!九十岁的愚公要搬去门前的两座大山,说出"儿子死有孙子,孙子又会生儿子"这样的豪放语言,又是有着何等的气概!乃至于舜的仁爱,田章的聪明,李冰的勇敢……所有这些神人的优异的禀赋,也都是勤劳善良的民众固有的美德。就这样,人们按照自己的形貌塑造了神话里值得颂扬的诸神和有神性的英雄们。

此外,在神话中所体现的古代人类的种种幻想,也是一种异常大胆的想象,是对生命的探索,也是勇敢的呐喊。如《山海经》中记载的不死树和不死药，就是试图揭示生命的奥秘，幻想药物可以使人起死回生；《归藏》中记载的"嫦娥以西王母不死药服之，遂奔月为月精"，甚至向宇宙也做出了令人惊讶的探索：嫦娥轻身飞举，居然穿过太空，一直上了月宫！现如今，攀登月球已经成为现实；生命的秘密也随着日新月异的科技探索，被逐一揭示，如2003年美国科学界庄严宣布美、英、法、德、日、中6个国家经过13年的努力，共同绘制完成了《人类基因序列图》，并通过DNA来破译生命的密码。现在，人类也可以通过特效药与精细的手术救治垂死的病人，使人类的寿命得到了最大限度的延长。至于神话中所写的成汤时期的奇肱国飞车以及周穆王时巧匠偃师制造的能歌善舞的优人，在古代固然是幻想，但在今天，飞机和各种智能机器人的问世，已让幻想成为现实。

随着科学的发展和进步，古代神话对世间万物所做出的种种解释显得不合时宜，但作为一种艺术，它具有着无比强大的魅力，历久而常新。"一个大人是不能变成一个小孩的，除非他变得稚气了。但是，难道小孩的天真不能令他高兴吗？"神话正是人类在童年时期天真烂漫的幻想，值得我们永远珍惜和铭记。

蚕神的故事

　　黄帝打败蚩尤之后，非常高兴，就专门谱写了一部乐曲来庆祝战争的胜利。这部乐曲叫作《枫(gāng)鼓曲》，共分十章，章节的名字都起得十分铿锵有力，比如"雷霆惊""猛虎骇""灵夔(kuí)吼""雕鹗(è)争"，等等，表现出黄帝至高无上的威严。乐曲写好之后，黄帝立刻举行了一场庆功宴，命令手下的乐师为参加宴会的宾客们演奏。身着铠甲的战士们敲响大鼓、高唱凯歌，跳着展示力量与美的舞蹈，欢庆这场来之不易的胜利。在那金碧辉煌的大殿里，回荡着气势磅礴的音乐。黄帝则端坐在王座上，看着欢欣鼓舞的战士和赞叹欢呼的宾客，心里感到非常满足。

　　就在这场宴会上，除了有让人皆大欢喜的演出，还有一件锦上添花的乐事：就在宴会举行到一半的时候，从湛蓝的天空中冉冉降下一位美丽的神女，只见她手捧两绞丝，毕恭毕敬地跪拜在黄帝面前，想要敬献给黄帝。

这两绞丝的颜色无比瑰丽，一绞发出耀眼的黄光，像金子一样璀璨；一绞发出炫目的白光，像白银一样闪亮。一时间，所有人竟分不清神女的手中捧着的究竟是蚕丝还是金银珠宝。

更令人啧啧称奇的是，神女长得眉清目秀，看上去美丽娴静，可她的身上却披着马皮。这马皮像生了根一样长在她的身上，完全没有办法揭下来。只见神女轻轻拉住马皮的两边，低头蜷缩起身子往后退去，马皮就缓缓合拢，将她包裹起来。一会儿工夫，神女就变成了一条长着马头的白色大蚕。大蚕昂起头来，吐出了又细又长、闪烁着光芒的蚕丝。这实在是太神奇了，所有在场的人都看呆了，就连黄帝也忍不住询问起她的来历。

只见神女恭敬地回答说："我住在北方一个叫欧丝之野的荒野上，那里有三棵一百多丈高的桑树并排生长，我就住在这三棵桑树旁边的一棵大树上。闲来无事的时候，我就会吐出蚕丝。现在听说黄帝您战胜了那可恶的蚩尤，所以我想把这最美的两绞丝献给您。"

可是，为什么这么美丽的姑娘竟披着马皮、化身为蚕，孤零零地在荒野上做蚕神呢？原来，这里有着一段传奇的故事。

传说在上古时候，有一个男子到外地谋生。临走前，他把家里唯一的小女儿托付给邻居照看，又给女儿留了一匹白色的公马作为玩伴。父亲走后，小姑娘在家里等了很久很久，都不见父亲回来。眼看着周围的小伙伴都依偎在父母身边，小姑娘心里别提多么孤单了。小姑娘在生活上不仅要自己照顾自己，还要喂养家里的白马。日复一日，年复一年，树叶儿绿了又黄、黄了又绿，却始终没有父亲的消息。小姑娘心里闷得慌，只好把所有的心事都说给马儿听。就这样，在这漫长的岁月里，小姑娘孤单地长大了，出落得美丽大方、可爱娴静，任何人见到她都忍不住要把她夸赞一番。

对父亲的强烈思念占据了小姑娘的心房，有一天，小姑娘开玩笑地向拴在马房里的白马说道："马儿啊，我们相互陪伴了这么久，现在都长大啦。我多希望你能跑到那遥远的地方，去把我的父亲接回家呀。"她抚摸着马儿，停了一停，接着说，"如果你真的能把我的父亲接回来，我一定嫁给你做妻子。"

白马一听这话，突然伸直脖颈鸣叫一声，接着便跳起来，猛地挣断了缰绳，风一样地从院子里飞奔出去。马儿不停不歇，不知道跑了几天几夜，一直来到了小姑娘的父亲住的地方，站在那里不断嘶鸣。父亲认出了自家的白马，不禁又惊又喜。他搂住马头，亲热地拍着马背，但是那马却不回应父亲的亲昵，只是望着它来的方向，悲鸣不已。父亲暗想：这马表现得这么奇怪，难道是家里出了什么事？再想到独自在家的女儿，他心里不禁担忧起来。他越想越害怕，赶紧收拾了包裹，翻身上马，一路赶回家去。

一到家里，父亲就焦急地寻找女儿，见女儿安然无恙，他才松了一口气，问女儿："家里出了什么事吗？"女儿见到父亲突然出现在自己面前，真心高兴，连忙挽住了父亲的手臂，向父亲解释："爹爹，您放心吧，家里没什么事，就是这大白马真的很通人性，知道女儿实在太想念父亲，所以才去接您回家。"父亲这才放下心来。其实，他在外面太久，也想早点回家，但一直都没有脱开身。现在见了女儿，他再也舍不得走了，就在家里住了下来。他看见白马这么聪明，又重感情，心里很高兴，就每天起个大早，专门去割最鲜嫩的青草来喂养它。可是，大白马却一口也不肯吃，而且每次见到小姑娘，它都表现得很奇怪，又叫又跳。

父亲把这一切看在眼里，觉得蹊跷，便悄悄地问女儿："你知道那马儿天天不吃不喝，是怎么回事吗？"女儿只得支支吾吾地回答说："我曾经和白马开玩笑说，如果它能把您接回家，我就嫁给它。可是这真的只是个玩笑，您可千万不要当真啊！"父亲一听，心里一沉，就板着脸说："哎呀，这可真是丢死人了！这件事可千万不能说出去，最近几天你也不要出现在白马跟前，我会想办法解决这个问题的。"

父亲虽然爱马，可是哪里能够同意自己如花似玉的女儿嫁给一匹白马呢？为了避免夜长梦多，父亲就找来弓箭，忍痛将白马射死，然后挽起袖子剥下它的皮，将皮晾晒在院子里。

这天，父亲有事出门去了，小姑娘和邻居家的小姑娘们一起在院子里玩耍，大家你追我赶，玩得非常开心。小姑娘跑着跑着，碰到了那张正在晾晒的马皮。她一见那马皮，心里又羞又气，就用脚去踢它，边踢边骂："你这个畜生，还想娶人家做你的妻子！现在被剥下皮来，真是活该……"

话还没有说完，那马皮就突然飞起来，像一床被子一样迅速包裹住小姑娘，飞也似的朝门外跑去，转眼间就消失了。邻家的小姑娘们看到这种情景，顿时吓得呆住了，等反应过来，又惊又怕，赶紧去喊小姑娘的父亲回来。

父亲听了邻家小姑娘们的描述，赶紧放下手头的活计，急切地到附近寻找了一遍，但什么也没有找到。父亲一边在心里怒骂那匹该死的马，一边又因为担心女儿，眼泪直流。直到几天以后，他才在一棵大树的枝叶间发现了一个被马皮包裹着的奇怪东西，长得像一条蠕动着的白色虫子，慢慢地摇晃着它的马头，从嘴里吐出一条白白亮亮的细丝，缠绕在树枝上。

父亲顿时明白：这就是他那可怜的小女儿啊！

　　附近的人听说了这桩奇事，纷纷跑来观看，唏嘘不已。后来，人们就把这吐细丝的奇怪虫子叫作"蚕"，这个字的发音有点像"缠绕"的"缠"，意思是它吐出丝来缠住了自己；人们又把这棵树叫作"桑"，发音与"丧命"的"丧"差不多，意思是小姑娘在这树上丧失了年轻的生命，变成了蚕神。

　　黄帝听完蚕神的讲述，心里感慨不已，再看看蚕神献上的这两绞丝，除美丽之外，又增添了一丝凄凉的意味。于是，黄帝立马下令叫匠人把这丝织成绢子。那绢子又轻又软，摸上去像天上浮动的流云，又像小溪中潺潺的流水；做成衣服穿到身上，比先前那苎麻织的粗布不知道舒服多少倍。黄帝的妻子嫘(léi)祖见蚕丝这么好，就亲自把一些蚕宝宝养育起来，好叫它们吐出跟蚕神所献的一样好看的丝，用来织成许许多多又轻又软的绢子，做出许许多多轻柔好看的衣服。

　　见嫘祖开始养蚕，人们纷纷效仿，就这样，蚕种繁衍生息，遍及我们祖先所在的这块丰饶的大地。采桑、养蚕、织布，这充满田园诗歌气息的美丽劳动，也成了中国古代女子的专门技艺，甚至引发了"牛郎织女"和"七仙女"这样美丽动人的传说，在中华大地上千古传诵。

牛郎织女

古时候，在天庭和人间之间，是一条闪闪发光的银河。银河这边住着天宫里的仙人们，银河那边住着人间的普通人。

就在银河的东边，每天都会出现七位美丽的仙女，她们都是天上的织布能手。她们每天都在银河边摆上神奇的织布机，纺出七彩丝线，织出层层叠叠的云霞。随着时光流逝、季节变换，天空中的云霞会变幻出姹紫嫣红的色彩，被人们称为"天衣"，那是七位仙女给天空织出的衣裳。在这七位仙女中，年纪最小、干活最勤勉、心地最善良的那位，叫作"织女"。

在银河另一边的人间，则住着一个普普通通的放牛郎。他的父母死得早，哥嫂还常常虐待他。兄弟分家时，哥哥和嫂子只分给他一头老牛叫他自立门户，时间久了，大家就叫他牛郎。牛郎是一个很勤劳的小伙子，他每天起早贪黑地赶着老牛去开垦荒地、播种粮食。春耕秋收，经过几年时间，他积累了一笔小小的收入,给自己造了一间小屋棚,他当然没有忘记陪他风里来雨里去的老牛,为它盖了一间宽敞明亮的牛舍。就这样,牛郎凭着自己的双手拥有了自己的小家,过着虽清贫但却安定的日子。

可是,时间久了,牛郎开始觉得家里太冷清,平时连个说话的人都没有。若不是时不时从牛舍里传来老牛咀嚼青草的声音,过路的人还真看不出来屋子里还住着个年轻小伙子呢。

有一天,牛郎突然听到有人叫他的名字。他探出头去,发现外面并没有人,仔细一听,声音好像来自身后。原来,说话的竟然是那头老牛。老牛说:"牛郎啊,这屋子里没有一个女主人,哪像个家啊!我帮你想了个好办法,你一定要认真听我的话。明天傍晚会有七个天上的仙女来银河里洗澡,你要悄悄地到银河的对岸,随便藏起一件衣服,这样,衣服的主人就将成为你的妻子。"

牛郎听了这话,又惊又喜。第二天傍晚时分,牛郎渡过银河,到了对岸,在芦苇丛中蹲下身子,静静等待着。果然,太阳刚刚下山,岸边就传来姑娘们欢乐的笑声。牛郎小心地探出头去观看,只见七个美貌的姑娘穿着七彩云霞般绚丽的衣衫,手拉着手儿来到银河边。她们的身姿柔软得像被风儿拂过的柳条,她们的笑声美妙得仿佛琴瑟共鸣。她们脱下衣衫,纵身跃入水中,顷刻间,碧波荡漾的水面上就像绽开了朵朵清雅的莲花。

趁姑娘们正在嬉闹,牛郎蹑手蹑脚地从芦苇丛中出来,偷偷取走了其中最漂亮的一件衣服。然而,牛郎返身回去的时候,却不小心被一块石头绊了一下,发出声响。霎时间,仙女们都发现了这个陌生男子。她们又惊又怕,在慌乱之中纷纷找寻自己的衣裳,穿上之后就像被惊起的鸟儿一样飞回了天宫。最后，银河里只剩下一个姑娘了，就是织女。因为牛郎偷走了她的衣服，所以可怜的织女不敢从水里站起身来。

夜晚已经降临，银河里的水渐渐变凉。牛郎看着姑娘在水中瑟瑟发抖，十分不忍心，但还是鼓起勇气说："那位水中的姑娘啊，我是住在银河旁边的牛郎。如果你答应做我的妻子，我就把衣裳还给你。"织女心里很害怕，但其实，当她看到这鲁莽而勇敢的少年脸上流露出的诚恳而坚定的神情时，就已经动心了。于是，她红着脸回答说："那位岸上的少年郎呀，我的名字叫织女，若是你把衣裳还给我，我就答应做你的妻子。"就这样，牛郎和织女在银河岸边情定了终身，他们很快就结为夫妻，发誓相伴一生。

完婚后，牛郎每天早出晚归，带着老牛耕地；织女在家里打扫庭院、纺纱织布、挑花绣朵。他们相亲相爱，把日子过得美满幸福。织女一点儿也不嫌弃牛郎的清贫，牛郎也非常疼爱自己的贤妻，不久之后，织女生下一对活泼可爱的儿女。夫妻俩都在心里暗暗许愿，希望能够终身厮守，白头到老。

然而，纸包不住火，终于有一天，天帝和王母娘娘发现织女居然到人间做了牛郎的妻子，非常震怒，马上派遣天兵天将要把织女捉回天庭问罪。就是这样，王母娘娘仍然不放心，又亲自跟着天兵天将到了人间。她完全不顾织女和牛郎的恳求，更不顾那一双哭成泪人儿似的小小儿女，生生把织女押回了天庭，使他们夫妻分别、骨肉分离。

牛郎见爱妻被王母娘娘押走了，悲痛之余，发誓要把妻子夺回来。于是，他立刻用扁担挑起一对箩筐，箩筐中坐着一双儿女，追赶上去。他原本打算渡过那清浅的银河，一直追到天庭，谁知道，等他到了银河所在的地方，却看不到银河的踪影！这时，只见小儿子用手指着天上，发出惊叫声。

牛郎抬头一看,原来银河已经被王母娘娘用法力搬到了天上。在苍蓝色的夜空中,银河还是那么一泓清浅的水流,可是凡人再也不能接近它了。

牛郎带着儿女垂头丧气地回到家里,儿女们一到家,便抱着妈妈的衣服和鞋子,呜呜咽咽地哭个不停,牛郎想到与妻子生生分离,也忍不住大声哀号起来。这时,牛舍里的老牛再一次开口了:"牛郎啊牛郎,你莫要哭泣了。我已经很老了,老得快要死了,我死后,你剥下我的皮来披在身上,就可以到天上去,希望这样可以帮你找到织女,让你们一家团聚。"

老牛话音刚落,便倒地死去了。牛郎在悲痛之中,按照老牛的嘱托,披着老牛的皮,再次用扁担挑着一对儿女出发了。为了使两头的重量相等,他随手拿了个葫芦瓢放在女儿所在的箩筐里。

牛郎披着老牛的皮飞到了天上,像风一样穿行在灿烂的群星之间,没过多久,那银河便近在眼前,甚至都能看见银河对岸的织女了。孩子们坐在箩筐里招着小手儿齐声叫道:"妈妈,我们来找你了!"可是,意想不到的事发生了——王母娘娘眼看着牛郎就要渡过银河,心里着急,就从头上拔下一支金簪,在银河上空轻轻一划,清浅的银河马上变成了波涛汹涌的天河,河水咆哮着仿佛要把牛郎吞没。

牛郎后退几步,怔怔地望着天河,再也想不出什么好办法来了。这时,小女儿一边擦着眼泪,一边提议:"爹爹,我们拿这葫芦瓢来舀干天河的水,一定能救出妈妈!"看着小女儿那一对闪亮亮的眼睛,牛郎毫不犹豫地赞同道:"对,我们来舀干天河的水!"

说着,牛郎把儿女们放下,拿起葫芦瓢,一瓢一瓢地去舀那天河的水。等他累得坐下来擦汗时,懂事的儿女又合力用他们的小手来帮助爹爹。

就这样，他们日复一日地舀着天河里的水，即使河水还是那么汹涌澎湃，他们也丝毫不退缩。威严的天帝和硬心肠的王母娘娘每天看着这一幕，心里也慢慢被这执着的爱情所感动。终于，他们允许牛郎和织女在每年七月初七的晚上相见一次。由于天河过于宽广，王母娘娘就派喜鹊衔来树枝替他们搭桥铺路。每年的这个时候，夫妻俩就在鹊桥上诉说衷情，由于激动和伤心，每每免不了一番哭泣，这时大地上往往就是一阵细雨纷纷。

从此，牛郎和他的儿女就住在天上，和织女遥遥相望。如今，在秋天的夜空中，我们还可以看见两颗较大的星在银河两边晶莹地闪烁着，那就是牵牛星和织女星；牵牛星两边的两颗小星就是他们的两个儿女；离这几颗星稍远一点的地方有四颗小星组成的一个平行四边形，据说那就是织女扔给牛郎的织布梭；距织女星不远的地方有三颗小星组成的一个等腰三角形，据说那就是牛郎扔给织女的牛拐子——他俩常常把书信绑在织布梭和牛拐子上扔给对方，互诉相思之情。

由于织女擅长织布，心灵手巧，人们就把每年的七月初七定为乞巧节，在这天晚上，女孩子们都要穿针乞巧。据说，牛郎和织女相会的时候，如果你躲在葡萄架下，还能听到他们的窃窃私语呢！

七仙女和董永

在天宫的仙女中,还有一个也思恋凡尘,那就是七仙女,她在姐妹中排行最小,生得十分好看。因为自幼聪明伶俐,她深得父母和姐妹们的宠爱。慢慢地,七仙女长大了,她很想和姐姐们说说天宫里的寂寞空虚,很想去人间感受世间百态,可是姐姐们对她只是宠爱,并不能真正地理解和支持她。就这样,渴望去见识更大的世界的七仙女感到越来越寂寞,在她心中,天宫逐渐变得像是冷冰冰的水晶宫,不再值得留恋。

有一天,七仙女突然冒出了一个大胆的想法,连她自己都吓了一跳:她决定偷偷溜到凡间去。她把这个想法告诉了姐姐们,一开始姐姐们都苦口婆心地劝她,然而她始终不为所动。见小妹妹如此坚决,姐姐们只好叹了口气,无奈地支持她的决定。七仙女临走时,大姐拿出了三支只有小指头粗细的"难香",紧紧拉着七仙女的手,叮嘱道:"这是我们姐妹亲手制作的难香,如果日后遇到难处需要姐姐们帮忙,记住,一定要在夜里无人时点燃,姐姐们立刻就会赶去帮你。"

在姐姐们的掩护下,七仙女下凡时,一路都没有遇到阻拦。她在人间走走看看、逍遥自在,感到非常快活。这一天,七仙女在路上偶遇了一位愁眉苦脸的少年,也就是董永。七仙女刚看到董永,就觉得这是个忠厚老实、心地善良的年轻人,可是他为什么哭丧着脸呢?七仙女心里好奇,就偷偷尾随董永,想找到问题的答案。

只见董永径直走到一家大户人家的门外,拉起门环叩响了大门。然后,他对前来应门的家丁说:"我要找傅员外筹一点银钱,想让去世的爹爹入土为安。恳请这位大爷帮忙禀报一声。"傅员外听到家丁的禀报,来到门外说:"不是我不愿意帮你,实在是因为上次去你家,看到你家里除了四面白墙,什么值钱的东西也没有。就算我愿意把钱借给你救急,你肯定也还不起。可是看你这么为难,"傅员外话锋一转,接着说,"这样吧,我把钱借给你,你就到我家来做长工,算是抵债,行不行?"

董永实在也没有别的办法,只好一口答应下来。于是,傅员外拿了钱给他,又一再叮嘱他,叫他办完丧事就立刻来上工。

七仙女心里喜爱董永的单纯朴实和孝顺真诚,在董永回家的路上,她快走几步,上前对着他拜了一拜,问:"这位公子,我现在身无分文,不知道您是否愿意收留我这个孤身的女子?"董永一见到七仙女就心生爱怜,他扶起七仙女说:"若是姑娘不嫌弃我,我愿和姑娘结拜为兄妹。"七仙女嫣然一笑,道:"我倒愿意和公子结为夫妻呢!"董永听了这话,喜出望外,求之不得!于是,两个人托土地爷爷主婚,请老槐树为媒,在槐树荫下面结为了夫妻。

结婚以后,董永安葬好父亲,收拾了小家,带着妻子,拿着卖身契回到傅员外家上工。卖身契上原本写着董永孤身一人,无牵无挂,如今凭空多了一个妻子,傅员外怕多一个人吃闲饭,不肯收留。见董永拉着妻子跪在门外苦苦恳求,傅员外眼珠子骨碌一转,故意刁难他说:"这样吧,你二人若是能在一天之内织成十匹云锦,三年的长工就改为一百天;如果织不出来,那就三年之后再加三年。"

七仙女听了非常高兴,一口答应下来。董永却非常焦虑,他知道,云锦不同于一般的丝织品,它色彩艳丽,表面流淌着云霞一样的光泽,不要说织出来,大多数人连见都没见过呢!

董永又烦又闷,到了晚上,怎么也睡不着,七仙女却笑眯眯地劝他早点休息。等到董永睡着了,七仙女就在屋子里烧起姐姐们赠给她的难香来。香被点燃之后,缭绕的烟雾飘向天宫,立刻惊动了天宫里的姐姐们。顷刻之间,众仙女闻香赶到。听了小妹妹的倾诉,大家马上一齐动手,开始织起云锦来。这些心灵手巧的姑娘都是天庭的纺织能手,她们同心协力,真的在一夜之间织出了十匹布满了花鸟纹饰的绚丽云锦。

第二天,夫妻俩便把这云锦拿给傅员外看。傅员外见了这十匹云锦,简直不敢相信自己的眼睛。云锦上的花样看起来精美高雅、华贵亮丽,简直比天空中的彩霞更加夺目。更令人啧啧称奇的是,竟然有很多蝴蝶、蜜蜂围绕着云锦上下纷飞,以为那是真的花儿呢。

到了百日期满,傅员外只好按照原先的约定恢复了他们的自由之身。夫妻二人欢喜地辞别了员外,回他们自己的小家。在回家的路上,董永一直紧紧拉着妻子的手,生怕这一切不是真的。这时,七仙女温柔地在丈夫耳边说:"我的肚子里已经有了你的骨肉啦!"董永听言,喜不自胜,激动得久久说不出话来。一路上,他们夫妻都在商量着回去之后如何建立起一个小家,过起男耕女织的勤劳而幸福的生活。

可是不久之后,天帝发现七仙女私下凡尘,龙颜大怒,立刻派使者传旨给七仙女,命她立刻返回天庭,否则就要派天兵天将下去捉拿她,甚至还要取董永的性命。在天帝的权威之下,幸福的美梦就这样轻易地被碾碎了。

七仙女怕她的夫君惨遭天帝的毒手,只好在他们结婚的那棵老槐树下和董永分离,这一别就是永不再见了,这是多么令人哀伤的事情。临别时,七仙女和董永约定,等到明年碧桃开花的时节,在这棵大槐树下,自己会把孩子带来,交给董永。七仙女一边哭泣着,一边无奈地跟随着天帝的使者返回天宫去了。董永怎么也舍不得自己的妻子,面对这样残酷的生死别离,眼泪不断涌出,却又无能为力。最终,董永在这巨大的悲痛中,肝肠寸断,体力不支,昏倒在地。

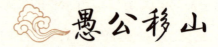

愚公移山

在黄帝和蚩尤的战争之后,上古的巨人族蚩尤部落被消灭干净了,只有夸父部落幸存下来,成为后来的夸父国。现在我们要讲的,就是与夸父部落有关的一个移山的故事。

传说,北山有一个叫愚公的老人家,已经九十多岁了,弯腰驼背、老眼昏花。他们一家老老小小有好几十口人,可是房子却面对着太行、王屋两座大山。他们每天起床,一打开大门就看到两座大山,心里非常别扭,而且全家人进进出出都非常不方便。于是,愚公决定移走大山。他把全家人召集在一起,说道:"这两座山真可恶,挡住了我们进出的道路。我在这里住了一辈子,眼下都九十多岁了,仍然觉得心里不痛快。今天把大家召集来,就是想问一下大伙儿的意见,你们说,咱们一起把这山挪走怎么样?"

众人一听这话,屋子里一下子就炸开了锅。孩子们本来就很孝顺,而且也都打心眼里讨厌这两座大山，一听说愚公想要把大山挪走，就都非常高兴地说："好啊！好啊！"

愚公的妻子则比较冷静，她看着一屋子的人这样众志成城，心里非常忧虑。她一边摇头一边向愚公说道："老头子，咱们还是算了吧，你这把年纪了，体力也不如以前，恐怕就连魁父那一点点大的小土坡你都搬不了，还想去搬太行和王屋两座大山？就算你能搬，这些泥块跟石头扔到哪里去呢？"愚公的儿孙们一听，都献言献策说："把山石、泥土挑到渤海边上去不就行了？"

愚公的妻子见说服不了大家，又说："老头子，你年纪都这么大了，还能搬几年呀？我看呀，咱们还不如搬家算了。"愚公的儿孙们可不答应了，他们纷纷争着说："我们都愿意移山，不愿意搬家！"愚公见状，点头微笑说："既然大家赞成，移山这件事就这样决定了！"于是，就连愚公的妻子也不得不答应了他的主张，大家齐心协力准备移山。

说干就干，一家人齐同上阵，挖土的挖土，凿石的凿石，然后大家结队把泥块和石头集中起来朝渤海搬运。从愚公的家到渤海路途遥远，大家出发的时候还是冬天，回来之后已经是夏天。可就是这样，全家人都干劲十足，没有一个人抱怨。这家人的热情感染了周围的人，就连邻居家一个刚换牙的小孩子也忍不住蹦蹦跳跳地前来帮忙。

愚公家附近有个叫智叟的人，是个聪明人，看见他们这么辛苦，赶紧跑去阻挡愚公说："老头子，歇口气吧，像你这样风烛残年的老人，能拿这两座大山怎么办？咱们还是放弃这个不切实际的念头吧！"愚公听了他的话却毫不动摇，眼睛瞪得像铜铃一样大，对他说："请你不要再说了！我看你的见识竟连那小孩子都不如！你想想，就算我死了，我还有儿子，儿子死了有孙子，孙子又会生儿子，我们一家就这样世世代代地干下去，还怕这山挪不走？"智叟被他说得哑口无言，一时间竟找不着话来反驳他，只好灰溜溜地走了。

就在愚公说这些话的时候，刚好有一位手里拿着蛇的天神路过。天神听见了愚公的话，刚开始没觉得有啥大不了的，可是冷静下来认真思量，就非常害怕愚公真的这么坚持着干下去，因为这样一来，这两座名山肯定吃不消，真的会被这样零零碎碎地挪走。天神在惊慌之余，赶紧去报告天帝。天帝听了愚公的故事，觉得这个人非常执着，被他的坚持打动了，决定帮助愚公实现他的愿望。

于是，天帝专门派了夸娥氏的两个儿子，也就是夸父族的人去帮助愚公移山。这两个巨人到了愚公家门口，一人背起一座大山，轻轻松松地站起来就走。根据天帝的旨意，他们把这两座大山分别搬到了朔东和雍南，生生把这两座本来连在一起的大山分开，从此天南地北。

有了天帝的帮助，这两座大山在愚公家门口消失了，从此，愚公和他的家人每天一打开门，就是一望无垠的平原；想到哪里去，再也不用绕着山走了。大家都欢呼雀跃，从此过上了无忧无虑的田园生活。

愚公的坚持得到了家人和邻居的支持，同时也得到了天帝的认可，最终实现了自己的愿望。这种精神和气概，和追赶太阳的夸父一样感天动地，永远值得我们学习。

刑天舞干戚

在蚩尤之后，还有一个和黄帝争天帝宝座的巨人。他本来没有名字，因为和黄帝争宝座，被黄帝砍掉了脑袋，就被人称为刑天，因为"刑天"就是"砍头"的意思。

刑天原本是炎帝手下一名得力的臣子，他文可以安天下，武可以定乾坤。除了高超的政治素养，刑天还多才多艺，创作出很多好听的乐曲和优美的诗歌。他曾为炎帝作过一首乐曲叫作《扶犁》，还创作过一首诗歌叫作《丰年》，这首乐曲和这首诗歌合起来就叫作《下谋》。通过《扶犁》和《丰年》这两个名字，我们就可以看出，在炎帝的统治之下，人们生活得多么幸福快乐了。

然而，随着时间的推移，新崛起的黄帝慢慢聚集起强大的军事力量。后来，黄帝打败了炎帝，把炎帝赶到南方去做了个小小的君王。炎帝是一个仁爱的君王，为了百姓的幸福，他在兵败之后忍气吞声，不愿意再动兵戈。作为炎帝的臣子，刑天和蚩尤一样感到愤怒不已。他也曾力劝炎帝举兵复仇，夺回失去的土地，但始终没有取得任何效果，每次从炎帝那里回来，他都摇头不止、叹息不已。

没过多久，蚩尤首先举兵反抗黄帝，刑天听说了这个消息，心中迅速燃烧起熊熊火焰，恨不得插上双翅飞到战场去帮助蚩尤。可是，炎帝见蚩尤起兵，在失望之余，也决定吸取教训，决不允许刑天离开自己半步。再后来，刑天听说蚩尤兵败，惨遭黄帝的杀害，他悲痛欲绝，再也忍不住，发誓要为好兄弟报仇，为炎帝报仇。

刑天没有向炎帝透露半点心思，只身偷偷离开南方天庭。他左手握着一面盾，右手拿着一把板斧，怒气冲冲地直奔黄帝所在的中央天庭。他一路悲愤交加，大步经过许多关隘，和重重把守天门的天兵天将一一交锋。刑天毕竟是炎帝手下一名勇武的大将，这些天兵天将没有一个是他的对手。他一路势如破竹，一直杀到黄帝的宫门前。

杀了一个蚩尤又来了一个刑天，黄帝龙威大怒，顿时提一把宝剑，出来迎斗刑天。两人在云端你追我赶，刑天的板斧和黄帝的宝剑在厮杀中发出乒乒乓乓的声音，火光四溅。只见空中乌云密布、雷电交加，他们大战了三百回合，仍然不分胜败。不知不觉间，他们从天庭一直杀到凡间，一路杀到西方的常羊山附近。

这常羊山据说是炎帝降生的地方，往北不远便是黄帝子孙聚居的轩辕国，因此这个地方对交战双方来说，都有着非比寻常的意义。刑天要为炎帝复仇，黄帝则要维护在子孙面前的尊严，双方战斗力高涨，打得更加激烈。突然，黄帝瞅了个空子，冷不防地一剑向刑天的脖子砍去，一击得手。于是，刑天那颗像小山丘一样的巨大头颅就从脖子上滚落下来，掉到山脚下了。

刑天伸手一摸，自己脖子上没有了头颅，心里发慌，连忙把右手的板斧放到握盾的左手上，蹲下身去，伸出右手乱摸，把周围的大山小岭都摸了个遍。那参天的树木和峭壁上的岩石，在刑天那只巨手的触摸下都一一折断、碎裂，一时间，大地上弥漫起一片烟尘。

黄帝在旁边看着，担心刑天摸到了头颅，再重新安到脖子上，又将有一场棘手的厮杀。因此，黄帝赶紧提起手里的宝剑，用力向常羊山一劈——只听"哗啦"一声，一座大山一分为二，刑天那巨大的头颅咕噜噜地滚进山缝里，接着，大山又轰隆隆地合二为一了。

正蹲在地面上摸索着的刑天听到身边的动静，一下子停止了动作。他呆呆地蹲在那里，像是一座黑沉沉的大山，仿佛千百年来一直待在那里。时间在一分一秒地流逝，他始终沉默着，知道自己的头颅已经被大山埋葬，永远找不回来了。他仿佛听到了那看不见的对手因为得意而哈哈大笑的声音。

可是，他一向心高气傲，怎么会就这样承认自己的失败？

突然之间，他站起身来，像一座沉默了很久的火山在瞬间爆发。他一手拿着大板斧，一手拿着那面长方形的盾，向着天空胡乱挥舞。虽然已经看不见对手，但他仍然要战斗不止！

刑天失去了头颅，就拿他的两只乳头来当眼睛，拿他那圆圆的肚脐来当嘴巴，把整个身躯当作自己的头——他胸前的那两只"眼睛"仿佛在怒

视前方,他肚子上的那张"嘴巴"仿佛在不停地诅咒对手。他只是失去了头颅,并没有失败,因为他还有着战斗的勇气和力量!

黄帝见状,心里暗暗庆幸自己砍去了刑天的头颅,同时也对刑天不屈的精神肃然起敬。于是,他并没有趁机把刑天杀死,而是独自回了天庭。

据说,直到现在,这个断了头的刑天还在常羊山附近挥舞着手中的武器,坚持不懈地向黄帝抗争。后来,晋代大诗人陶渊明在《读〈山海经〉》里写出"刑天舞干戚,猛志固常在"的诗句,就是在赞美这位英雄在失去头颅的情况下,还挥舞着斧头、盾牌而不懈斗争的精神。

黄炎战争的余波

黄帝和炎帝在阪泉的那场战争,可以说是双方战争的序幕;黄帝和蚩尤在涿鹿进行的那场旷日持久的战争,才算是战争的主体;刑天对黄帝的挑战则是战争结束后的余波,而且一波未平,一波又起,刑天之后,还有和颛顼(zhuān xū)争神座的共工,共工怒触不周山,也算是掀起了较大的波澜。

众臣的发明

　　黄帝手下有一群非常有本领的臣子,他们各自施展本领,发明创造了许多新鲜事物,给人们的生活带来了极大的便利。比如雍父发明了杵臼,人们可以用它舂米或是捣药;共鼓和货狄发明了舟船,人们借助它渡河;挥发明了弓,牟夷发明了箭,人们借助它们来捕猎;胡曹发明了皇冠,人们凭借它增加皇族的威仪;伯余发明了衣裳,人们穿着它,既保暖又美观;夷发明了鼓,巫咸发明了铜鼓,人们运用它们鼓舞军威;尹寿发明了镜子,人们借助它整理衣冠;於则发明了草鞋,人们穿上它行走四方;巫彭发明了医术,人们利用它治疗疾病;伶伦发明了乐律,人们借助它丰富自己的精神生活;大桡创立了干支纪年,容成发明了历法,人们借助它们记录年岁;隶首发明了算术,人们依靠它计算收入与花销;苍颉发明了文字,人们凭借它传承文化……华夏文明的曙光就在这些发明创造中,灿烂地闪耀着。

一　乐律的发明

传说伶伦发明乐律时,他首先从大夏的西边一直走到昆仑山的北边,在嶰(xiè)溪山谷间的竹林里选取合适的竹子。他左挑右选,最后选中一棵长得最笔直、厚薄最均匀的竹子。接着,他从两段竹节当中截取了长为三寸九分的一段,把用它吹出的声音定为黄钟的基础律调。然后,他按照比例制作了十二支竹管,带到昆仑山脚下,准备根据凤凰鸣叫的声音来区别其他十二支不同的调子。等他到了昆仑山脚下,凤凰非常配合他,真的鸣叫了起来,雄的叫了六声,雌的也叫了六声,叫声的高低不同与最初定下的黄钟的律调刚好和谐。于是,伶伦就按照黄钟的律调,参考凤凰的鸣声,把十二支竹管做成长短错落的样子。在吹奏这些竹管时,发出的声音高低有序、缓急有别、优美动听,被定为十二种不同的律调,最终形成了乐律。

接着,黄帝又叫伶伦和荣将铸了十二口钟,用来配合宫、商、角、徵(zhǐ)、羽五种声音,演奏《六英》和《九韶》这样宏伟的大型乐曲。在仲春二月的乙卯那天,黄帝还举行了一场盛大的音乐会,专门演奏《咸池》。当太阳出现在奎星方位的时候,演出正式开始,伶伦指挥演奏者们用这十二口钟奏出这一盛大恢宏的乐曲,黄帝和宾客们就坐在大殿上欣赏,震撼不已。由于这场音乐会的总指挥是伶伦,所以后世把戏剧演员,包括乐师、导演等人,统统叫作伶官。

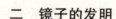

二　镜子的发明

黄帝叫尹寿制作镜子，也有一个神话故事。据说黄帝和西王母约定在王屋山相会，为了烘托气氛，黄帝特地叫尹寿铸造了十二面大镜子，分别在一年的十二个月中使用，来照出华堂中隆重而辉煌的相会盛宴。还有人说，黄帝铸造的镜子是十五面比较小的镜子，第一面镜子直径一尺五寸，然后按照月亮从满月到弦月的盈亏比例，直径依次递减，最后一面镜子直径刚好只有一寸。在唐代初年的王度所创作的《古镜记》中写道，他曾经从隋朝末年的侯生手中得到过这十五面镜子中的第八面镜子，直径是八寸，镜子的背面刻有龟、龙、凤、虎等动物的形象，还雕刻有八卦和十二时辰及一些古文字作为装饰。他得到这面镜子之后，遇到了不少奇人奇事，还拿它照出了许多妖魔鬼怪。

三　医术的发明

在黄帝统治时期，除了发明医术的巫彭，还有三个著名的医生。第一个叫俞跗（fū），据说他掌握了完整的外科手术技巧，治病时不用给病人吃什么汤药，也不用按摩、针灸，直接就可以根据五脏六腑的位置，用刀子划开病人的皮肤，解剖肌肉，贯通筋脉，分开处在横膈膜上下的膏和肓，用手指轻轻地把肠胃和心、肝、脾、肺、肾等都翻出来清洗干净，再归回原位。经过这番精细的外科手术治疗，病人就像变了个人一样，精神大振，恢复健康。所以后代传说，俞跗的医术能够使人死而复生。

第二个医生叫雷公。据说,雷公曾经派遣一个采药的使者出去替他采药,那个采药使者不知不觉走到山林深处,眼前全是郁郁葱葱的草木,再也辨不清东西南北,没法回去了。然而他的心中仍然有为医学奉献终生的执念,于是他变成了号称"森林医生"的啄木鸟,每天扒在树干上用它那又长又尖的喙去啄食树木中的害虫,为树木治病。

最后一个医生是歧伯。他常常和雷公一起为黄帝看病,或者进行一些学术上的讨论。除此之外,黄帝还叫歧伯品尝、记录各种草木的功效,分清楚用什么药草去治疗什么疾病,传说歧伯曾奉黄帝的命令,乘着由十二头白鹿拉的绛云车,在东海中的蓬莱仙山里寻求仙人和不死药。据说流传后世的《本草》和《素问》等医书都是歧伯的著作。

四　文字的发明

黄帝时代最著名的人物,就是那个号称"史皇"的苍颉了。据说他生下来就不同凡响,长着一张宽大的龙脸,四只眼睛放出熠熠的光芒。当他还是婴孩的时候,就喜欢拿起笔来东涂西画,虽然没有章法,看上去却带着一丝孩童的稚气,很有意思。长大了他就开始动脑筋想问题,研究起天地万物的变化。他抬起头来观察天上的星星,低下头去研究乌龟背上的花纹和鸟雀羽毛的形状,登高眺望远处山川的起伏。根据这些大自然中的形象和线条,苍颉拿着小木棍在地上模仿、比画,不知不觉竟然依照天地万物的形象发明了文字。据说苍颉这一非比寻常的发明刚一出现,就天地变色、狂风骤起,接着便下起雨点似的粟米;在夜晚,人们甚至能听到一阵阵鬼的哭泣声从远方传来。这都说明文字的发明在人类文化史上是一件"惊天地、泣鬼神"的大事。

黄帝的发明

　　关于黄帝本人，世间也流传着许多关于他的发明创造的传说。有的说黄帝造了车，所以叫轩辕氏；有的说他制作了帝王的冠帽；有的说他发明了煮饭用的锅和甑(zèng)；有的说他发明了用来捕捉飞禽走兽的陷阱；有的说他教人们建筑房屋，用来遮风避雨；有的说他发明了中国古代的足球——蹴鞠(cù jū)……这些传说都体现出人们对黄帝的颂扬，感激他为大家创造了美好的生活。

黄帝铸鼎

　　黄帝没有那么多时间和精力过问自己臣子的那些发明创造，他也有自己想要去完成的事情。在他战胜蚩尤之后，就叫上风后和常伯两个臣子，一个替他背着书，一个替他背着宝剑，三个人一起游历天下。他们去过许多地方，青丘、洞庭、峨眉、王屋等地都留下了他们的脚印。

　　他们一路跋山涉水，见过无数的山川大河，其中最有趣的，要算是西方大沙漠里的种种奇观了。西方大沙漠里的沙非常细，在风的吹动下能像水一样地流动，脚一踏上去就会往下陷。《楚辞·大招》里说的"西方有流沙，浩浩瀚瀚不见边际"，指的就是这里流动的细沙；在《西游记》里，沙和尚的流沙河大概指的也是这个地方。

　　当时，黄帝他们日行几万里，见识到种种以前从未见过的景象。在这里，风把沙子吹起，沙子一团一团地漫天飞舞，像迷蒙的雾。在雾中有许多长着翅膀的龙啊鱼啊，飞来飞去。更让人啧啧称奇的是，流沙上居然还长着一种奇异的植物，叫作"石藥（qú）"，就是石荷花，质地非常坚硬，但又很轻，一条茎上长了上百片叶子，一千年才开一朵花。它的叶子是青绿色的，风儿一吹，那上百片叶子便在流沙上浮动着，像给沙子穿上了层层叠叠的裙摆，看上去非常轻盈美丽。

除了四处游历，黄帝还叫人去开采首山的铜，再把铜搬到荆山脚下去铸鼎。在黄帝看来，铸这个鼎是用来纪念他打败了蚩尤。在铸鼎的时候，炉壁内燃起熊熊烈火，吸引来很多飞禽走兽，比如威风凛凛的老虎、行动矫健的豹子和桀骜不驯的老鹰，它们都自发地过来帮忙看护炉火。

终于有一天，荆山脚下的这个宝鼎铸造成功了。这是一个很大的鼎，有一丈三尺高，容量比能装十石谷的大瓷坛还要大。鼎上雕刻着腾云的应龙，还有四方的鬼神和各种奇禽怪兽，看起来威严无比。为了庆贺宝鼎铸成，黄帝高兴地在荆山脚下开了一个庆功大会，邀请了四方诸神和八方百姓。

就在庆功会的盛大仪式正在进行之时，忽然天上飘来一朵镶着金边的云彩，接着，一条金光闪闪的神龙从云彩里探出半截身子，它下巴上的胡须一直垂到宝鼎上。人们见到这条神龙都感到又惊又怕，可是黄帝知道这就是来迎接他回天庭的使者。于是，黄帝带着和他一同下凡的七十多个天神，纵身跨上神龙的背，在一片炫目的金光之中，冉冉升天而去。

来参加庆功会的百姓们看见黄帝乘龙登天，才明白过来这是神龙的神力，也都想跟随黄帝一同上去，就争先恐后、七手八脚地去拉住那龙的胡须。没想到，细细的龙须根本经不住这么多人乱拉乱扯，很快就被扯断了，抓着龙须的百姓们也跟着纷纷跌到了地上，眼看着黄帝和众天神乘着金龙远去，一个个唉声叹气。后来那个地方就被叫作"鼎胡"，意思就是"宝鼎上的龙胡须"。那些被拉断的龙须据说都变成了草，就是如今的龙须草。

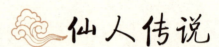

仙人传说

　　前面说到，黄帝当年在荆山脚下铸鼎，是为了纪念自己打败了蚩尤，然而，随着时间的推移，大家以讹传讹，竟然认为黄帝是为了炼丹修行。其实黄帝本就是天上的天帝，怎么用得着修道呢？他只是在杀死蚩尤之后，因为留恋人间风景，又在人世间逗留了一段时间而已，后来金龙来了，他也就回到了天庭。但是，正是因为许多人误会黄帝修道，世间才有了许多关于黄帝与仙人们打交道的传说。

一　与黄帝有关的仙人

　　在种种传说中，最有名的仙人就要数广成子了。他住在崆峒山，名气很大。黄帝慕名而去，亲自找他问道。然而，经过一番枯燥无味的道术方面的交谈之后,黄帝沉默不语,看起来不是很信服。广成子见状,就对黄帝说:"我已经修炼了一千二百年,你看看我的外貌有没有什么衰老的痕迹?"黄帝仔细看了看广成子,只见他黑发童颜,脸上完全没有岁月留下的痕迹,这才佩服得五体投地,惊叹道:"广成子啊,你真可算是与大自然共生的啊!"

除了坐而论道,广成子还实际帮助过黄帝。当时,黄帝听说圆丘山上有名贵的仙药,想去采来,可是那里有很多凶狠的大蛇,怎么才能保证采药时的安全呢?广成子根据自己的经验,教黄帝在身上佩带雄黄,蛇一闻到雄黄的气味便远远避开,采摘名贵药物便很容易了。

据说,在广成子居住的崆峒山的山顶有个像瓦罐一样的洞穴,每次在狂风暴雨将要到来的时候,就有一只白狗从洞穴里走出来,时间长了,大家都把这只白狗的出现当成对天气的预报,所以这座山又被叫作"玉犬峰"。

另外一个和黄帝关系密切的仙人是宁封子。他原是黄帝手下的官员,专门负责为黄帝烧陶,兢兢业业,一丝不苟。有一天,忽然来了一个奇怪的人,也不说自己的来处,却毛遂自荐,要替宁封子掌管炉火。宁封子心里诧异,就在一边观察。只见火烧着烧着,炉灶中居然冒出五种颜色的烟来,绚丽无比。宁封子知道自己遇上了仙人,倒头就拜,希望对方传授给他这套神奇的烧火方法。仙人看他的确是可塑之才,便毫不保留地教给了他。宁封子学成之后,便烧起一堆柴火,自己却跳进了火堆。在五色烟气中,宁封子的身影飘忽不定,仿佛羽化登仙了。等火灭了,人们就把宁封子的骨灰埋葬在宁北山中。

还有另外一个版本的传说，说青城山建福宫后面有座山叫丈人山，是黄帝向宁封子求长生之道的地方。宁封子在宁山受封，故名"宁封"，又称"宁封子"。那时洪水泛滥成灾，人们都搬到山上的洞穴里住，却苦于没有办法把水从山下带到山上去。有一天，宁封子打来野兽，烧起火堆，美美地吃了一顿烤肉。等火光熄灭，他发现在灰烬中有一块硬邦邦的东西，原来是被烧硬的泥巴，把水滴上去，丝毫也不漏。于是他领悟到了制造陶器的原理，从此人们就用陶器来装山下的泉水了。后来他被黄帝封为陶正。但是，因为一次操作不慎，烧窑时窑顶上的柴火突然塌了，宁封子被埋在了火窑里。那一天，人们看到窑顶上仿佛有宁封子的身影随着烟气冉冉上升，便纷纷传说宁封子羽化登仙了。

黄帝时代还有一个仙人叫马师皇，是黄帝的马医。他医术高超，一见病马的状态，就能诊断出它是能活还是必死。有一天，天上忽然飞来一条龙，从乌云中探出头，在马师皇面前低垂着耳朵，又张开嘴巴，一副病恹恹的样子。马师皇对围观的众人解释说："这龙生了病，知道我能医好它，它是来寻求我的帮助的。"于是，马师皇用上了药的针去刺这龙的口腔，又熬了甘草汤给它喝，很快这条龙就恢复了神采，对马师皇点了点头，仿佛在表达感激，然后就长啸几声，翻身入云，一会儿就不见了。马师皇能医龙的名声逐渐传播开来，后来又有好几条病龙从水里跳出来，求马师皇医治。龙族大概是为了表达对马师皇的感激，就派了一条神龙从云端降落下来，背起马师皇升天而去，马师皇就成了神仙。

和黄帝打交道的仙人还有容成公、浮丘公、云阳先生，等等。如今安徽省的黄山据说是黄帝和容成公、浮丘公游历过的地方，所以叫黄山。如今山西省翼城县东南有座山,古时候叫阳石山,那里有一座神龙池,据说是黄帝派云阳先生养龙的地方,国家要是发生了水旱之灾,当时的帝王就会去池旁向神龙祈祷,请求庇佑。

据说,黄帝曾在青城山遇见一个神女,叫素女,因为仰慕黄帝的天威,便做了黄帝的侍女。素女喜爱音乐,最喜欢弹瑟。据说伏羲时代的瑟是五十根弦,弹奏起来声音悲悲切切,听起来令人肝肠欲断,黄帝便叫人把瑟改为二十五根弦,再让素女弹奏。二十五根弦的瑟弹奏出的音乐少了许多悲哀,黄帝这才心里好受些。

二 飞升传说

黄帝在鼎胡乘龙登天,潇洒地挥别人间,回到天庭,这一神话深深地影响了后世。后世产生了很多类似的神话故事,其中最有名的就是"鸡犬升天"的故事了。

传说在西汉时期有位著名的思想家、文学家,名叫刘安,他继承了父亲的封位,成为淮南王。刘安读了许多书,却偏偏着迷于道教,沉迷于炼丹修仙,远近闻名。有一天,来了八个须发皆白的奇怪老头,号称"八公",自告奋勇地向他传授这门学问。刘安认真学习了很长时间,终于有一天,八个老头向他恭喜道:"您现在已经学有所成了!"刘安开心之余,选了一个黄道吉日,吃下自己炼的丹药。很快,他就感觉自己的身体轻飘飘的,低头一看,自己已经站在云端了!当时刘安家里还有一些剩余的丹药,放在庭院中的小罐子里,被一些鸡和狗给吃了,突然之间,庭院里的鸡啊狗啊都消失了踪影，原来它们也飞升上天，变成仙狗和仙鸡了！

与之类似的还有唐公房的故事。据说，在王莽统治时期，有个叫唐公房的人，经过名师的指点，吃了自己炼制的丹药，白日升天而去。他家的鸡和狗抢了丹药的渣子来吃，也都升上了天。然而，唐公房因为讨厌老鼠，特意把丹药藏起来不让老鼠找到。家里只有老鼠眼巴巴地望着升天的鸡和狗，嫉妒得发狂。于是，每当月亮变成新月的时候，晚上没有月光，这只老鼠就会在一片黑暗之中，气得把肚里的肠胃全都吐出来，到下个月又长出一副新的肠胃。它后来的鼠子鼠孙也都是这样，人们就把唐家的这种倒霉的老鼠称为"唐鼠"。

还有一个更有趣的故事发生在五代时期。传说在一处偏僻的村庄里住着一个姓王的老头，整天除了种田便是研究道术。有一天，来了一个云游四方的老道士，老头一见，非常欢喜，就殷勤地接待了他，每天与他坐而论道。过了一个多月，老道士身上忽然生满了脓疮。他对王老头说："你取一些酒给我，我要把这些脓疮浸洗一下。"王老头经过这些时间的交谈，觉得这个老道士很有本事，对他言听计从。于是王老头按照老道士的吩咐取来酒，倒满一瓮。老道士在瓮中坐了三天三夜才出来，出来时须发都成了黑色，仿佛返老还童。老道士指着瓮中的酒说："喝了这酒，你就可以白日登仙。"王老头连忙喊来全家人，大家一起咕嘟咕嘟地把酒喝干净了。忽然之间，天地变色，刮起一阵大风，天边的云朵聚集在村庄上空，王老头全家人都觉得自己身体轻飘飘的，一直往空中飘去，成为了神仙。

帝俊与帝喾

中国古代有很多原住民族，每个民族都有自己的图腾和口耳相传的神话故事。伴随时间的推移，不同民族的文化彼此吸收和融合，神话故事就变成了复杂的历史故事，一件事情可能分别被安到几个人身上，一个人也可能化身为好几个人，帝俊和帝喾(kù)就是一个人化身为两个人的例子。

一　帝俊的传说

帝俊是东方的殷民族供奉的神，他在甲骨文中的形象长着一个鸟头，头上有两只角，嘴巴尖尖，身后长着一条短短的尾巴，身子下面却只有一只脚，还拄着一根拐杖，整个儿看上去像是一只猕猴。所以，东方殷民族供

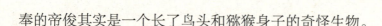

奉的帝俊其实是一个长了鸟头和猕猴身子的奇怪生物。

传说帝俊有三个妻子,分别是娥皇、羲和和常羲。娥皇的后代是下方的一个国家,叫作"三身国",整个国家的人都姓姚,他们长着一个头、三个身子,吃五谷杂粮,能够使唤豹子、老虎、狗熊和人熊四种野兽作为他们的仆人。羲和是太阳女神,生了十个太阳儿子。羲和非常疼爱自己的儿子们,常常在东南海外的甘渊用清澈的泉水给太阳孩子们洗澡,把一个又一个的太阳洗得鲜艳又明亮,好让他们轮班出去工作时能够神采奕奕。常羲是月亮女神,生了十二个月亮女儿,她也非常疼爱女儿们,常常在西方荒野给月亮孩子们洗澡,也是为了把月亮们洗得光鲜明亮,看起来漂漂亮亮的。

帝俊有一个爱好,就是喜欢跳舞。他还有着一群身姿优美的舞伴,就是东方荒野附近的五采鸟。每当五采鸟们吃饱喝足,就喜欢面对面地翩翩起舞,这时候帝俊就会从天上下来和它们交朋友。当他高兴的时候,也会拄着拐杖用一只脚和它们一起跳舞。

帝俊为什么喜欢和五采鸟做朋友呢?这件事说来话长。五采鸟有三种,一种叫皇鸟,一种叫鸾鸟,还有一种叫凤鸟,都是古代传说中的凤凰。据说凤凰长得像鸡,有着五彩斑斓的羽毛,喜欢自由自在地唱歌跳舞。这些名贵的鸟儿生活在东方的君子之国,翱翔在四海之外,连炎黄子孙的祖先黄帝也没有见过它们。所以黄帝非常好奇,专门去问臣子天老:"你说说看,凤凰到底是什么样子的?"天老也没有见过,就只好凭着想象回答说:"凤凰呀,前半截像鸿雁,后半截像麒麟,有着蛇一样的脖子、鱼儿一样的尾巴、龙一样艳丽的色彩、乌龟一样宽厚的脊背、燕子一样的下巴、鸡一样的嘴巴。"他把飞禽走兽、游鱼爬虫等某些动物的特征都集中起来放在凤凰的身上，把凤凰描述成一种非常神秘的生物。

其实凤凰并没有这么神秘，在甲骨文中，它长得就像是一只孔雀。原来，在古代中国，当黄河两岸还有大象和犀牛的时候，也是有过孔雀的，后来因为气候变化，这里的孔雀才逐渐变得稀少，直到失去了踪影。帝俊的五采鸟朋友应该就是孔雀了。而根据殷民族的神话，帝俊的鸟头其实是玄鸟燕子的头。那么，长着燕子头的帝俊和东方荒野里的这些五采鸟很早以前应该就是同类，所以，他从天上下来和它们交朋友，还一起唱歌跳舞，就一点儿也不奇怪了。

二　帝喾的传说

前面我们说了一个人可能化身为好几个人，这里要讲的是帝喾，他和帝俊就是同一个人的不同化身，却分别有着各自的神话传说。

传说，帝喾生下来就有奇异的禀赋，刚刚出生，他就说自己的名字叫作"夋（qūn）"，就是那个长着鸟头和猕猴身子的帝俊。在传说里，他还是黄帝的后代，和自己的族兄弟颛顼一样，非常喜欢音乐。颛顼曾经让飞龙模仿八方风声，写出了八支曲子，又叫一只猪婆龙躺在地上用尾巴"砰砰"地敲打自己的肚子，以此为乐。帝喾在这方面也毫不逊色，他曾让乐师咸黑写出了《九招》《六列》《六英》等各种歌曲，还让乐工有倕（chuí）制作了种种乐器，让大家使用这些乐器、按照乐谱演奏起来。就这还嫌不够，在演奏时，帝喾还叫人在两旁有节奏地拍起巴掌作为伴奏。接着，在乐曲声和拍手声中,一只叫作"天翟"的凤鸟展开了它美丽的翅膀,雍容华贵地在殿堂上翩翩起舞——这肯定比颛顼的猪婆龙敲肚子的表演有趣多了。

在帝喾的子孙中,有两个儿子的故事比较有趣。这兄弟俩分别叫阏伯和实沉,弟兄俩住在荒山野林里,天生就是对头。他们争来抢去互不相让,整天都在舞枪弄棒,不是你来打我,就是我去杀你,斗得不亦乐乎。做父亲的帝喾拿他们没有办法,只好让阏伯搬到商丘去,叫他管理东方晶莹明亮的三星。三星又叫心宿,也叫商星,是情人们的星星,象征爱情贞洁坚固、情人永不变心。接着,帝喾让实沉搬到大夏去,叫他管理西方的参星。两兄弟从此一东一西,相隔遥远,再也无法相见,这才不再闹什么乱子。他们管理的两个星座也是东出西没,彼此不碰面,所以杜甫的诗里有"人生不相见,动如参与商"这样的话,意思是说,人与人之间常常就像西方的参星和东方的商星一样,此出彼没,不能相见。后来人们也把兄弟不和睦叫作"参商"。

帝喾有一个妃子,是邹屠氏的女儿。据说黄帝杀了蚩尤以后,觉得邹屠这个地方山清水秀、民风淳朴,就把世间的好人都搬到这个地方来享福,再把坏人都流放到北方寒冷荒凉的地方去受苦。帝喾的这个妃子就是好人中的好人,她走路时脚不沾地,可以腾云驾雾,飘然而来飘然而去,遨游在伊水和洛水之间。帝喾非常喜欢这个潇洒的姑娘,就让她成为自己的妃子。这个妃子总是梦见自己吞吃太阳,做一次这样的梦就会生下一个儿子,一共做了八次吞下太阳的梦,所以生下了八个儿子,大家就管她这八个孩子叫作"八神"。

有时候,人们把帝喾当成中国古代帝王之一,说他有四位妻子:第一个妻子是有邰氏的女儿,叫作"姜嫄(yuán)",她生下后稷,就是周民族的始祖;第二个妻子是有娀(sōng)氏的女儿,叫作"简狄",她生下契,就是殷民族的始祖;第三个是陈锋氏的女儿,叫作"庆都",她生了帝尧;第四个是娵訾(jū zī)氏的女儿,叫作"常仪",生了帝挚。帝尧和帝挚继承了父亲的位置,也都成为了人间的帝王。

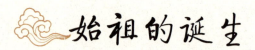

始祖的诞生

一　契的诞生

关于殷民族的始祖——契的诞生，有一个浪漫的传说。据说有娀氏有两个非常美丽的女儿，姐姐叫简狄，妹妹叫建疵，她们一起居住在九重高的瑶台之上。有娀氏非常宠爱她们，每次吃饭的时候，都命人在旁边敲鼓奏乐，希望这样能够使她们心情愉快。姐妹俩就这样无忧无虑地慢慢长大，出落成了美丽的大姑娘。

有一天，天帝派遣一只燕子去看望她们。小燕子飞到她们面前，欢快地叽叽叫着，围着她们飞来飞去。姐妹俩非常开心，争着去捉这只机灵活泼的小燕子。可是她们两个靠着双腿，怎么能追上挥舞双翅的小燕子呢？她们跑来跑去，累得气喘吁吁。这时候，姐姐简狄眼珠子一转，想出一个好

办法，她带着妹妹找来一只小木棍，支起一只玉筐，里面放上小米当作诱饵。小燕子飞饿了，就跳到玉筐下去吃小米。姐妹俩把木棍上拴的绳子用力一拉，立刻就把小燕子盖住了。

她们高兴极了，打开玉筐去看小燕子。可是由于太心急，一不小心把玉筐掀得太快，小燕子找了个空当钻了出来，立马向北边飞逃而去，再也不愿意跟两姐妹玩了。两姐妹遥望着燕子远去的身影，非常沮丧，回头一看，玉筐里面留下两只小小的燕子蛋。姐妹俩便失望地唱着："燕子飞去了，燕子飞去了！"据说这就是北方民族最初的民歌。后来，姐姐简狄命人把这两个燕子蛋煮来吃掉了，竟然因此有了身孕，生下一个孩子，就是殷民族的始祖契。

根据这个传说来看，殷民族就是天帝派玄鸟燕子下来传留的后代，所以契被后代子孙们尊称为玄王。后来契帮助大禹治水，功劳很大，被舜封为司徒。

二　后稷的诞生

与契的诞生相比，周民族的始祖后稷诞生的神话就带着很多人世间的悲苦色彩。

据说在一年的春天，天气转暖，百花盛开，这一天，有邰氏的一位叫姜嫄的姑娘出门踏青。她走啊走啊，不知不觉到了郊外，只见原野上绿茸茸的小草上点缀着一些漂亮的野花。姜嫄蹲下身子，摘了大大的一束花，准备拿回家去跟姐妹们炫耀。就在她回家的路上，突然发现地上有一片草地凹了下去,仔细一看,像是一个巨人的脚印。姜嫄感到十分奇怪,又觉得好玩,不由自主地想用自己的小脚去比对巨人的脚印。于是,她把一只脚踏了上去,结果只填满了一个大脚趾的空当。可就是这么一踏,姜嫄觉得心里猛然一沉,打了个冷战,吓得她赶紧把脚收回来,丢下花束,跑回家去了。

神奇的事发生了,姜嫄回来后不久,就发现自己怀了孕,经过十月怀胎的辛苦,她生下一个圆圆的肉球。姜嫄以为自己中了什么妖物的邪术,害怕极了,便偷偷溜出门,把自己生下的肉球扔在一条狭窄的小巷里,然后躲起来观察。小巷里经常有牛羊经过,姜嫄希望牛羊能够踩死这个奇怪的东西。可是说也奇怪,过路的牛羊见了肉球,都小心翼翼地绕着走,生怕伤害了它。

姜嫄见状,只好把肉球拿回来,可是她还不死心,又想把它扔到山林里去。可她还没走到山上,就听见不远的地方人声鼎沸,原来是一大帮人在那里砍树。姜嫄怕被人瞧见,只好又往回走,心里盘算着该怎么办。正巧,她经过荒地里的一个水池,这时正是冬天,池里结了冰。她一狠心,就把肉球扔在池子里的寒冰上,想把它冻死。这时,更加奇怪的事情发生了,姜嫄听到一阵"吱嘎吱嘎"的鸟叫声,抬头一看,是一只大鸟张开丰满的羽翼从天边飞来,绕着寒冰上的肉球不停地鸣叫着。接着,它降落在肉球旁边,用一只翅膀盖住肉球,另一只翅膀垫在肉球下面,就像母亲抱住孩子一样给它温暖。

姜嫄从未见过这种奇景,忍不住想走过去细看。大鸟见有人过来,便"嘎"地怪叫了一声,丢开肉球,从冰上飞起,边飞边叫,转眼就消失得无影无踪了。大鸟刚刚飞走,姜嫄就听见有婴儿洪亮的"哇哇"的哭泣声从肉球中传来。姜嫄赶紧跑过去一看，只见肉球已经像蛋壳一样裂开，一个胖乎乎的小男孩正躺在裂开的肉球里胡乱挥动着双手双脚，看上去活泼可爱。

姜嫄心想：看来这孩子不是怪胎，而是受上天眷顾的神灵的孩子啊！于是她赶紧脱下自己的衣裳包裹住婴儿，然后抱起他回家了。因为这个孩子被母亲抛弃过，姜嫄就给他取个名字叫"弃"，他就是后来周民族的祖先。

弃很小的时候就有一个特殊的爱好，喜欢收集各类野生的瓜果蔬菜的种子，用稚嫩的小手把它们种植到地里，然后悉心照料，观察它们发芽、成长、开花、结果的整个过程，然后再挑选出其中的优良品种继续种植。久而久之，弃在植物的种植方面积累了很多经验，种出来的果子又大又好，吃起来又香又甜。

弃长大成人后，就开始思索怎么能使农业的生产更加便利。于是，他用木头和石块制造了几样简单的农具，这样一来，农耕工作就变得轻松了许多。周围的人知道了，都纷纷慕名前来，跟他学习耕田的本领和制造农具的技艺。弃是个慷慨大度的人，他非常高兴地与大家分享自己的成果。久而久之，这一带的人再也不用出去打猎或者采集野果，而是可以凭自己的双手种出能填饱肚子的粮食和蔬菜。大家纷纷颂扬弃的智慧与德行，一直传到了当时的国君尧的耳朵里。

于是，尧专门聘请弃来指导全国人民的农业耕作。后来，舜继承了尧的王位，为了褒奖弃，又把有邰这个地方分封给他。自此之后，人们在农业耕种方面具备了一系列成熟的经验，吃穿不愁，生活更加幸福无忧了。

弃的一家都是农业上的能手。他有一个弟弟叫台玺，台玺生了一个儿子叫叔均，叔均的子孙组成的国家就是西周国。传说天帝曾经派人把弃请到天上去，让他把天上百谷的种子带到人间。弃回来之后，叔均就把这些种子播种下去，耐心地照料。叔均还勇敢地去捉野牛，把这些力气很大的野牛驯服成耕牛，从此人们就有忠实的耕牛陪伴着，春种秋收。

弃死后，人们出于感激，也为了纪念他的功德，选了一块风景绝佳的地方把他埋葬，这就是有名的都广之野——神人们上下往来的天梯建木就在它的附近，古时候有名的神女"素女"也出生在这里。这里真是一片肥沃的原野，生长着各种各样的谷物；每天都有鸾鸟到这里唱歌，凤凰到这里跳舞，这是一片福泽之地。弃在人们心目中的形象永远是光辉和伟大的，因为他给大家带来了幸福的生活。由于他从小就喜欢农艺，长大后教人们栽种五谷的方法，人们便尊称他为"后稷（jì）"。

爱民之君

在古代的神话传说中，有一位最爱民如子的国君被人们广为颂扬，他就是尧。尧虽然贵为国君，却节俭朴素，深深爱着广大的人民，所以他的人民也尊敬他。尧一点也不讲究吃住，他就住在最最普通的用茅草搭建的屋子里，而且因为忙于国政，尧都没有时间修剪茅草，从远处看去，整个屋子乱糟糟的。屋子里的房梁和柱子都是草草砍伐下来的，也没有时间加以打磨，保持着最原始的模样，布满了毛刺，摸起来非常粗糙。他喝的是野菜汤，吃的是糙米饭，穿的是麻布衣服，天气很冷的时候才加一件鹿皮的披肩遮挡风寒，就连吃饭用的碗都是土制的。人们听说做了帝王的尧竟然过着这样艰苦的生活，都不禁感叹道："我们的国君真是一个生活朴素的人啊，恐怕就连那守门小官过的日子都比他好很多呢！"

尧生活俭朴，他把时间都花在体恤民众身上，如果他得知人们过得不好，他就坐立不宁，寝食难安。假如国家里有一个人饿着肚子没有饭吃，尧一定说："这就是我的责任了，我一定要想办法让他吃上饱饭，因为是我做得不够好，他才饿肚子的。"假如国家里有一个人没有衣服穿，冻得哆哆嗦嗦，尧一定说："这就是我的问题了，要想办法让他穿上好衣服呀，因为要是我做得足够好，他就不会冻成这样了。"假如国家里有一个人触犯了法律，尧也一定说："这就是我的不是了，因为我不能保障他过上好的生活，才把他推到罪恶的泥坑里去的，所以一定要想办法让我的臣民们安居乐业呀。"总之，尧把一切责任都承担起来，遇事都要思考自己的不足。所以在尧治理国家的整整一百年间，虽然经历了可怕的旱灾、水灾，百姓们在农林业上损失非常惨重，但是大家仍然毫无怨言，衷心爱戴自己的国君。

由于尧的德行实在是太好了，他的国家接二连三地突然出现了很多神奇的现象。比如，尧居住的茅草屋周围曾经在一天之间呈现出十种吉祥的征兆：喂马的草料一夜之间变成了金灿灿的稻谷，天井里突然飞来一只一边鸣叫一边翩翩起舞的五彩凤凰，台阶下忽然生长出吉祥的小草，天空中意外飞来神奇的浮槎（chá），如此等等。

先说说这种吉祥的小草。它叫作"蓂（míng）荚"，又叫作"历荚"，突然间就从尧居住的那个屋子的台阶边的缝隙中生长出来。这种草嫩绿晶莹，颜色非常好看，结出的豆荚也非常神奇。每月初一，它就长出一个扁扁的淡紫色豆荚，每过一天就多长一个，一直到月半，也就是十五号那天，刚好长了十五个。接着，从十六号开始，又每天落下一个，到了月底，这淡紫色的小豆荚就落完了。它每个月都这样生长轮回，非常有规律。假如这个月是二十九天，它就剩下一个焦枯的豆荚挂在上面。到下个月它又重新这么表演一番。人们找到豆荚的生长和掉落规律，认真观察一下就知道今天是这月的几号，真是方便极了。尧就用这吉祥的草做活动日历，给他的办公带来很大的便利。

尧的国度里还有另一种奇特的神草，它天然生长在碗橱里，叫作"蓍（shà）蒲"。这种草儿长出的一片片叶子像一把把扇子，摸起来凉凉的，能够自然地摇动，扇起习习凉风，不仅可以驱逐虫子，还可以给碗柜里存放的食物保鲜，简直就是自然生长的绿色冰箱。生性节俭的尧，当然特别喜爱这神奇小草带来的便利。

就在尧做国君的第三十年，西海上空忽然出现一只巨大的浮槎，也就是往来于海上和天河之间的木筏。这神奇的木筏上闪耀着奇异的亮光，白天时，亮光就自动熄灭了，可是一到晚上，这神奇的木筏就闪耀亮光，把整个海面的上空都照耀得一片澄净。这光亮时明时暗，在漆黑的夜晚里，这只木筏竟然像是悬于天河之上的另一轮忽闪忽闪的明月。人们经过观察发现，这只神奇的木筏绕着四海自动航行，十二年一个轮回，这一轮结束之后，又开始下一轮，就这样周而复始。人们把这浮槎叫作"贯月槎"，因为它带来夜晚的光明，大家都认为这是上天的神迹。

尧的臣民

国君尧是一个非常好的君王，在他左右办事的，也全是一些有名的贤臣，如农师后稷、工师倕、法官皋（gāo）陶、乐官夔（kuí），还有掌管教育的舜、掌管军政的契，等等。我们先来说一说做法官的皋陶和做乐官的夔的神奇故事吧。

如果我们走在路上突然遇到法官皋陶，估计会被吓得够呛，那是因为他长得实在是太奇怪了。皋陶的脸色青中透着绿色，就像是刚刚削下皮来的黄瓜；他的嘴巴长长地伸出来，像马儿的嘴巴。不过他真的是一位非常正直的好法官，因为他无论遇到什么疑难的案子，都可以马上审问得清清楚楚，一点儿也不含糊，而且审判的结果让大家都认为皋陶是精明干练、铁面无私的。

为什么他有这么大的本领能让人们信服他的公正呢？原来他养着一

只独角神羊,这是他的断案神器。这只神羊名叫"解廌(xiè zhì)",又写作"獬豸(xiè zhì)",在它庞大的身躯上长着青色的长长的毛,远远看去有点儿像一只熊,脑袋上还长了一只角。在炎热的夏季,神羊獬豸就住在水边纳凉;寒冷的冬季,它就住在茂密的松柏树林里躲避寒风。它的性情特别耿直公正,绝对不会偏袒任何一个人,只要遇到两人在吵闹争执,它就会用头上的独角去顶没有道理的那个人。

皋陶养着这么一只神羊,断起案子来当然既简单又公正。你看,公堂之上,皋陶只消说:"把争吵的那两个人带上来!"然后吩咐,"把我的独角神兽獬豸带上来。"接着,只要神羊用角指认一下,谁有理谁没理,一下子全都明白了,这断案的结果也令所有人心服口服。所以皋陶把这只替他效劳的神羊看得比什么都宝贵,给它吃最好的青草,给它住最舒服、干净的地方,因为,万一獬豸生起病来,他这法官可就很难继续公正无私地审判疑难的案件了。所以在古代,这只神奇的独角神羊就成了执法公正的化身。

据说尧为国君时,不仅有神兽獬豸,还有一种更加奇妙的神草,长在朝堂的台阶上,大家称它为"屈佚草"。如果来朝堂觐见国君的有奸佞之徒,这神草就会弯曲起柔嫩的茎,用叶尖指向那个坏人,这又比神奇的独角神羊厉害多了。

在尧的手下还有一个神奇的乐官,名叫夔,据说只有一只脚,无法像别人那样正常行走。他一定与东海流波山的那个夔牛有亲缘关系,因为那只夔牛也只有一只脚。他天赋异禀,特别擅长倾听大自然的声音,还用音律来模仿他所听到的声音,写出了一首叫《大章》的乐曲。人们听到这首曲子，就仿佛置身于大自然之中，看到山川河流，感受到丝丝清凉的风吹过心田，变得心平气和，减少了很多无谓的争执。夔在闲来无事的时候，还会拿一些石块和石片来敲打，发出啪啪的声音，非常有节奏感，这时就会有各种各样的飞禽走兽，像是狮虎狼豹、鸟雀鱼虫，都能应和着他这音乐的节拍，欢快地跳起舞来。

还有一种神奇的鸟儿，名叫重明鸟，是在尧做国君很多年后，年纪已经很大了的时候，秖（dī）支国敬献来的神鸟。这重明鸟又叫双睛鸟，它的样子非常与众不同，每一只眼睛里面都有两个瞳孔。重明鸟长得像鸡，有斑斓的羽毛和短小的头颈，可是它鸣叫起来的声音却像神鸟凤凰。最神奇的是，重明鸟时常把羽毛脱下来，就像脱下自己的衣服，然后光着身子在天空中飞翔。有这只鸟儿守护着一方土地，豺狼虎豹都会逃得远远的，不敢靠近。重明鸟不吃别的东西，只吃玉膏。秖支国把它献来之后，它怀念故土，常常飞回秖支国去，以后或者一年来好几次，或者好几年都不来。人们都非常喜欢重明鸟，时常打扫庭院，欢迎它的到来。它没有来的时候，人们便把木头或金属雕刻、铸造成它的形状，安装在门户上面，据说这么一来，妖魔鬼怪见了就会吓得远远逃开。

当时，槐山上还有一个很有名的采药的老人家，名叫偓佺（wò quán），因为常吃仙药，身上长满了白毛，两只眼睛都变成了方形。他的年纪虽然很大，却身手敏捷，能够腾空飞跃，徒手捉住那飞跑的马儿。他看见做天子的尧一天到晚操劳国事，愁眉双锁成了一个"八"字，身体也很瘦弱，他就去山上采摘松子送给尧，并告诉他怎样服用才能强身健体、延年益寿。尧对老人家说："实在太感谢您的好意了，我一定会记得按时服用它们的。"

可是由于国事太多,尧每天都太过忙碌,实在没工夫去吃那松子。据说当时有别的人吃了这种松子,都活到了两三百岁,而尧却只活了一百多岁就去世了。

尧这么劳心劳力地替人民办事,可是还是有并不感谢他的人。据说有一个老汉,已经八十多岁了,在大路上玩丢木块的游戏。这种游戏叫作"击壤(rǎng)",就是削出两只上尖下阔、形状像鞋子的木块,一块放在地上,一块握在手里,玩这个游戏的人要站在离木块三四十步远的地方,把手里的木块向地上的木块掷去,打中的就算赢,这很像我们现在玩的套圈游戏。那天,老汉正在那里玩得起劲,忽然有个围观的人发出感叹说:"我们的国君尧真是伟大啊,在这个老人家的娱乐活动中,我们都能看到他的圣德啊!"老汉听了这话,很不以为然,向那人说:"我不懂你说这话的意思。我每天早上太阳刚出来就起床工作,到太阳落山才休息,我自己凿了井来打水喝,自己耕了田来种粮食吃,请问尧对我又有什么恩德呢?"那人被问得哑口无言,不知道怎么回答才好,只好灰溜溜地走了。

禅位让贤

尧娶了散宜氏的姑娘，名叫女皇，生了一个儿子名叫丹朱。丹朱就是尧的长子，按照传统习惯，长子将来是要继承父王的王位的。可惜，也许是因为一直被家人溺爱，丹朱长大后常常骄傲自满，性情暴虐，喜欢带了随从到各地去游玩。只要手下稍微有些不顺从他的意思，他就大发脾气，虐待他们。那时发生了很大的洪灾，洪水遍布天下，丹朱出游时总是坐船，他就渐渐习惯了水上生活。他对于人民的痛苦无动于衷，倒是觉得坐着船东游西逛很有意思。后来大禹平息了水患，洪水慢慢退去，有些地方水太浅，不能供船行驶，任性的丹朱却还要叫人不分昼夜地替他推着船走，还骄傲地把这种行船方式命名为"陆地行舟"。他不出门的时候，就和一些朋友关起门来在家里饮酒作乐，喝醉了总是胡闹，很不像话，连臣子见了都不忍直视。

等到尧自己也察觉丹朱性情乖戾时，已经晚了，再去教育也一点作用都没有了。他心里非常焦急，就专门制作了一副围棋送给丹朱。这副围棋的棋局是用文桑做的，棋子是用犀角和象牙做的，用的都是非常名贵的材料。接着，他把下棋的规则和技艺教给丹朱，希望能用棋道潜移默化地改造丹朱的性情，使他变得循规蹈矩。对于围棋这个新鲜事物，丹朱起初还觉得有趣，专心致志地去研究，但是好景不长，他很快就厌倦了，把它丢开，仍旧找他的那些朋友胡闹去了。

尧拿他实在没有办法，知道他根本不是当国君的材料。眼看着自己的年纪也渐渐大了，尧就一直在留心打听天下的贤人，想把帝位禅让给贤人，避免百姓受苦。有人告诉他："阳城有一个叫许由的人，非常清高，最是贤德。"尧就亲自去阳城拜访许由。他向许由深深拜了一拜，说："久仰先生大名，我来拜访您，是希望您不要推脱，一定要接任国君的职位啊！"可是许由确实是个非常清高的人，他不愿意接受尧的禅让，当时就向尧拜了一拜说："我是真的不愿意去做朝堂之上的国君的，如果您实在坚持，那也要让我仔细想一想。"尧觉得这话也对，就让他回去仔细想一想再做决定。哪知道许由一回去就草草收拾一下包裹，连夜逃跑，一直跑到箕山（在今河南省登封县）下面的颍水边。

尧见他不愿意接受天下，又派人去请他来做九州长，清高的许由听了心生厌烦，赶忙到颍水边去用双手捧起水来洗自己的耳朵。这时，许由的朋友巢父牵了一头小牛到这里来，正想让牛饮水，看见他洗耳朵，觉得奇怪，便问他缘由。许由说："尧想聘我去做九州长，我讨厌这种恼人的言语，所以来洗我的耳朵。"巢父也是清高之人，听了许由的话，哼了一声，说：

"算了吧,老兄,假如你一直住在深山穷谷里,没人认识你,谁又能来找你的麻烦呢?你故意在外面东游西逛,把名声传播了出去,现在却又故作清高,在这里洗耳朵,你可不要把我小牛的嘴巴弄脏了!"说着,巢父就牵着牛到上游去了。

据说至今箕山上还有许由的墓,山下有牵牛墟,颍水旁有一眼泉叫犊泉,石头上还有小牛的足迹,这就是巢父牵牛饮水的地方。人们专门为这些地方命名,就是为了铭记这些人的高尚品格啊。

后来尧经过慎重考虑,决定把国君的位置禅让给舜。他生怕丹朱不服,就先颁下诏命,把丹朱放逐到南方的丹水去做诸侯,又让后稷负责监督他起程。那时南方有一个部族叫"有苗",又叫"三苗",里面的人都是丹朱的近亲,和丹朱关系很好。他们的首领知道尧把天下让给了一个外姓,很不以为然,认为还是应该由尧的长子丹朱继承王位。丹朱的到来更是激起这些人的愤怒,很快他们就互相勾结起来,举起反叛的旗帜,企图进攻中原,推翻尧的统治。

大公无私并且充满智慧的尧早已料到会有此一招。在得到确定的三苗谋反叛乱的情报之后,他不慌不忙地调兵遣将,还亲自挂帅,带领军队到丹水去迎战。丹朱和三苗本以为出其不意,没想到尧的军队来得这么快,只好匆忙应战。在这场战争中,丹朱和三苗的联盟军把丹水里所产的丹鱼的血涂在脚底,在水上行走时就像在平地上一样方便自如,而且丹水是他们的主场,他们非常熟悉这里的地势。但是由于尧的军队是人心所向,人们都乐意接受尧这样的明君的领导,所以联盟军最终还是溃败不堪。在这场大战当中,三苗的首领被杀了。丹朱呢,有的说是战死了,有的说是畏罪自杀，跳水死了——不管怎样，他都是罪有应得。

《山海经》里说，南方的柜山有一种鸟，长得像猫头鹰，一对爪子却像人的手，它的名字叫鴸(zhū)，整天"朱、朱……"地叫着，人们说它就是丹朱死后的魂灵所变的，叫起来的声音就像是在呼喊自己的名字。

尧平息了叛乱之后，剩下的三苗族人和丹朱那些溃败的手下都迁到了遥远的南海，在那里建立了一个国家叫三苗国。这个国家的人都在腋下生有一对非常小的翅膀，只能作为摆设而不能飞行。丹朱的后代也在三苗国的附近建立了一个国家叫驩(huān)朱国，其实应该叫丹朱国才对，因为驩朱和丹朱的音相近。这个国家的人都长得很特别，有着人的脸、鸟的嘴壳，常用他们的鸟嘴在海滨捕鱼。他们背上也都生有翅膀，却不能飞，只能把翅膀当作拐杖，一拐一拐地走路。

天子的女婿

在尧的时代，一个叫妫（guī）水的地方住着一个叫瞽（gǔ）叟的盲人。有天晚上他忽然做了个奇怪的梦，在迷迷蒙蒙的梦境中，有一只五彩斑斓的大鸟飞来，嘴里衔着米喂给他吃，这米粒吃进嘴里香甜可口。瞽叟吃完之后就追赶上去问："喂！你是什么东西？"虽然瞽叟很没有礼貌，大鸟还是回答道："我的名字叫鸡，将来我就是你的孩子。"瞽叟吓了一跳，立刻清醒过来。后来没过多久，他的结发妻子果真生了一个儿子，并给他取名叫舜。

传说中，舜的每只眼睛里都有两个瞳孔，所以人们又叫他"重华"——这使人想起那只祗支国献给尧的重明鸟。可怜的舜生下来不久，他的母亲就死了，瞽叟很快又娶了一个妻子，生了第二个儿子，名叫象。有人说，舜的弟弟象可能是一个名字叫作"象"的人，也可能就是一头真正的长着长鼻子的凶猛大象。

　　舜的父亲瞽叟是个脑筋糊涂、遇事不讲道理的人。可能因为舜的长相实在不像是平常人，所以他只宠爱后妻和后妻的儿女，而把舜看作眼中钉、肉中刺。舜的后母是个心胸狭小、泼辣凶悍的人；舜的弟弟象的性格和后母差不多，非常粗野和骄傲，完全没有弟弟对哥哥应该有的礼貌；舜还有一个小妹妹叫敤（kě）手，也是后母生的孩子，虽然也有些坏，但稍稍有点人性。早年丧母的舜处在这样的家庭环境里，每天小心翼翼地艰难度日。在他小的时候，父亲和后母经常用藤条毒打可怜的舜。被细小的藤条打的时候，舜就咬着牙，用后背承受着毒打，倔强地不让眼里含着的热泪掉下来。可是有时候，父亲会拿起一根又粗又长的棍子，舜知道自己承受不住，只好远远地逃出家门，跑到荒野里去。想到他那早死的母亲，他独自仰天大哭，呼唤着："妈妈呀，妈妈呀！"等他哭累了，觉得父亲差不多消气了，才偷偷地溜回家去。

　　舜对待顽劣不堪的弟弟象，真是小心翼翼到了极点。象高兴的时候，他才真心感到高兴；象生气的时候，他知道这位少爷将要大发雷霆，不禁跟着忧虑。他总想尽量对弟弟照顾周到，赢得后母的欢心，让自己少受点虐待。

　　即使这样，心肠歹毒的后母还是常常想杀死舜，儿子和丈夫一个暴戾、一个糊涂，都是她的帮凶。舜在家里一天也待不下去了，只好一个人搬到历山脚下、妫水之滨，在那里辛辛苦苦地开了一点荒地，用茅草建起两间简易的屋子，孤单地过日子。闲下来的时候，他就坐在自家的屋子前眺望远处的风景，有时候看到布谷鸟在天上快乐地歌唱，鸟宝宝们围着鸟妈妈转着圈儿开心地舞蹈，他都会想起自己悲苦的童年，不经意间就落下泪来。舜去山林间打猎，看到鸟儿嘴里衔着食物，飞到树枝上去喂养小鸟，感受到鸟儿一家的相亲相爱，他也忍不住就想起自己那早早去世的母亲和喜欢虐待自己的后母，感慨万分。每当此时，舜就会信口歌唱起来，以此缓解自己的悲伤。

　　成年后的舜中等身材，皮肤黑黝黝的，脸颊上没有胡须。舜天性笃厚，在年轻的时候，乡间就传扬着他孝顺父母的美名，因为他虽然受父亲和后母的虐待，却一点也不记仇，总是竭尽所能地去侍候他们。舜真是一个贤良的人呀，他去历山耕种，总是乐善好施，尽量多地帮助别人，一点儿私心也没有。没过多久，历山的农民被他的德行感化，都争着让起田界来；他到雷泽打鱼，总是与相邻的人友善合作，完全不计较得失，不久之后，雷泽的渔夫也争着让起渔场来；他去河滨制造陶器，一定会尽心尽力学习，一旦在技术上有所突破就和大家分享，没过多久，河滨陶工做的陶器质量提升了不少，又美观又耐用。人们一传十，十传百，颂扬着舜的美德。大家都喜欢挨着舜居住，只要是舜长时间居住的地方，只需一年时间就会扩大成为小小的村庄，再过一年就会成为较大的城镇，到第三年简直就会变成一个城市了，在寻常百姓看来，这真是让人难以理解的奇迹。

　　尧当时正在寻访天下的贤人，准备禅让自己天子的位置。大族长们都推荐舜，大家都说舜既贤良又有才干，是最佳的候选人。尧对舜做了一番考察，觉得大家所言不虚，就把两个女儿——娥皇和女英许配给舜做妻子。出于慎重，尧又叫他的九个儿子和舜共同生活，看看他是不是真的有才干。后来，尧彻底被舜的美德和才华所折服，专门赏赐给舜很多好衣裳，又送去可以奏鸣的琴瑟，还叫人替他修建了几间谷仓，用来囤积粮食，给了他一群牛羊。就这样，原本是普通农民的舜，由于广为传扬的美德而做了天子的女婿，骤然间就变成了显贵之家。瞽叟一家人看见他们素来讨厌的舜忽然平步青云，大富大贵，一个个嫉妒得咬牙切齿，心里像有一万只蚂蚁在噬咬。

但是舜并不记旧仇，娶了娥皇和女英之后，舜立刻带着两个新媳妇去看望他的父母和弟妹。舜还带了很多礼物送给家人，希望与他们和好。他对待这些善妒又恶毒的家人，还是和从前一样富有爱心，并没有因为自己变得富贵而骄傲自满；他的两个妻子也丝毫没有一点贵族姑娘的架子，尽心尽力地操持家务、侍奉公婆，简直就是最标准的好媳妇。

象的阴谋

    舜的两位妻子实在是太贤良了，她们温柔美丽、聪明善良，对舜的家人也是竭尽所能地悉心照料，丝毫没有怨言。可是瞽叟一家人却是一帮恶徒，他们不仅没有被感动，反而越来越眼红舜的美满生活，变本加厉地想要害他。

    按照当时的风俗习惯，这家的哥哥或弟弟死了，剩下的兄弟就可以占有对方的妻子。于是，象成天想着怎样设一个圈套害死哥哥，这样就可以名正言顺地娶来两位嫂嫂。一想到有两个温柔美丽的女人在家里侍候他，阴险恶毒的象就连在睡梦中都会发出"嘎嘎"的怪笑声。象的母亲对此完全赞同，她本来就想干掉那个不是自己亲生儿子的舜。糊涂的瞽叟呢，本来就对舜没有好感，又想趁机吞掉舜的家财。几个人一拍即合，兴奋得不能入睡，索性燃起烛台，凑在一起叽叽咕咕地商量了一个通宵。在这场阴谋里,小妹妹可能没有直接参与,可是她也嫉妒哥哥嫂嫂的幸福生活,就幸灾乐祸地在一边旁观。

第二天,象就迫不及待地来到舜的家里,开心地大声叫道:"哥哥,爹叫你明天去帮他修一修谷仓,你一定要早点来啊!"

舜正在屋前劳作,他一边堆麦垛一边非常愉快地回答:"噢,知道了,我明天一定早点去。"

象听了,美滋滋地回家了。娥皇和女英掀起竹帘,从屋子里款款走出来,问道:"这个弟弟以前从没有登过门,这次来是要做什么呀?"舜老老实实地回答:"他说爹要我明天一早去帮忙修谷仓。"

娥皇和女英相互对视了一下,她们都有未卜先知的神奇本领,立刻就知道了象的诡计,所以非常惊慌地劝阻道:"你可不能去呀,他们这是要烧死你呢!"

"那可怎么办呢?"舜左右为难起来,"爹叫做的事,不去也不行呀!"这个善良孝顺的人呀,就算明知道自己是去送死,也要听自己爹爹的话。

娥皇和女英想了想,商量好了对策之后,胸有成竹地说:"不要紧,我们来解决这个问题。明天你把旧衣服脱下来,我们给你一件新衣服,你穿着新衣服去就没事了。"

第二天一大早,娥皇和女英就从陪嫁来的箱子里拿出一套五彩斑斓、绣着美丽小鸟花纹的衣服给舜穿上。舜穿好这身花衣服,就匆忙赶去替父亲修谷仓了。

瞽叟等人看见舜中了计,前来送死,心里十分开心。他们装出非常欢喜的样子,殷勤地接待了舜。接着,象扛了梯子,瞽叟带着舜到一座高高的蘑菇状的谷仓下面去,就连后妈都特意捧了一杯热茶来给舜喝。

舜仔细看了一下谷仓,发现这地方真是年久失修,早就已经朽坏了。舜沿着梯子爬到谷仓顶,老老实实地在那里干起活来。瞽叟等人立马按照预先安排好的计划抽掉他的梯子,又急急忙忙地搬了一堆柴火过来,再点起火把把柴火点着,顿时,大火熊熊燃烧起来。

"爹爹,你们这是在干什么呀?"站在谷仓顶上的舜低头看见这种可怕的景象,惊讶地牙齿打战,害怕极了。

"孩子,你可别怪我们呀,我们这是看你想亲娘了,才特意来帮你去跟她见面的呀。哈哈哈……"舜的后母说完便恶毒地大笑起来。

"哈哈哈……"瞽叟也摇头晃脑地跟着傻笑。

象一边往里面添柴火,一边开心地大笑:"哈哈!这下你可逃不了啦!除非你能飞上天去!"

火势越来越大,舜在谷仓顶上跑来跑去,吓得满头大汗,眼看着下面全是些没心肝的家人,他放弃了呼救,张开两只手臂向着头顶上的青天绝望地高呼:"天哪!"说也奇怪,舜一张开手臂,就在烟火之中变成了一只大鸟,舜试着挥一挥翅膀,立刻飞到了高空之中。变成大鸟的舜俯视着瞽叟等人,只见他们一个个目瞪口呆,仿佛变成了木头人。

舜脱离了危险,松了一口气,心里却实在伤心,就再挥一挥翅膀直接飞回了家,只见娥皇和女英正等在门口迎接他呢!

瞽叟等人过了很久才回过神来,气得直跺脚。象的心里十分不甘心,眼珠子骨碌一转,心里又冒出来一个毒计。他立刻招招手让父母过来,嘀咕了一阵子,瞽叟和妻子都拍手叫好。事不宜迟,第二天,瞽叟就亲自出马了。

只见瞽叟来到舜的家门口，坐在地上，觍着老脸、敲着手中的竹棍，做出一副痛改前非的样子说："儿啊，昨天那件事咱们一家子做错啦，现在我来向你赔罪了，请你一定要原谅我们啊！"

经过了一夜的时间，舜心里虽然也有一丝伤心，但其实早就原谅了家人，于是他柔声对父亲说："爹，没关系的，您快请起，有话咱们屋里说。"

瞽叟心里暗暗欢喜，就得寸进尺地说："家里的井要淘一淘了，你明天一定要早点来啊！"见舜满口答应了，瞽叟才站起身来，拍拍屁股，心满意足地走了。

舜回到屋里，把父亲的来意告诉了娥皇和女英。妻子们都向他说："这一回还是凶多吉少，但是你只管放心去，我们还会保护你的。"到了第二天，她们给了舜一件绣着龙的图案的衣服，叫舜穿在旧衣服里面，并且细细叮嘱他，到了危急时刻，就赶紧把旧衣服脱掉。

舜照着妻子们的嘱咐，把绣有龙的衣服穿在旧衣服里面，去给父亲淘井去了。瞽叟等人见舜穿的只是旧衣服，并不是上次那样的奇装异服，都松了一口气，觉得这次舜是必死无疑了。

舜带着工具，腰上缠着绳子，下到了深井里面。象见舜已经下去了，就立刻把绳子割断了，接着，他们搬土的搬土、捡石头的捡石头，全都乒乒乓乓地往井里扔去，想要把舜活埋在里面。舜已经吃了一次亏，这次自然留了个心眼，他一见绳子断了，就立马脱去了外面的旧衣服。一瞬间，他变成了一条银光闪闪的蛟龙，灵活地钻进了地下的泉水中，在那里逍遥自在地游了一会，然后找了另外一口井钻了出来。

瞽叟等人填满了井，又在井上用脚把土块踩得结结实实，确保舜不会再出来了，就欢天喜地地大叫大跳着到舜的家里去报丧，小妹妹敤手也跟着去看热闹。

看到这些得意忘形的坏人，娥皇和女英简直不敢相信自己的耳朵：出门之前我们明明给舜换上了救命的衣服，怎么会丢了性命？可是眼下这些人又一再保证自己所言非虚，娥皇和女英一时也没了主意，只好掩面回到卧室中去抹眼泪了。象则连蹦带跳地跑到堂屋里，指手画脚地说："主意是我出的，按理说财产我该多得一份，可是我什么都不要，牛羊、田地、房屋都给爹妈，我嘛，只要这把琴、这张弓和两个嫂嫂……嘻嘻嘻……"

接着，象从墙上取下舜的琴，心满意足地弹起来。伴随着琴声，老太婆和老头子欢喜得在屋子里转着圆圈跳起舞来。看着阴谋得逞的哥哥，听到从卧室里传来的嫂嫂们的哭声，小妹妹敤手终于良心发现，觉得父母和哥哥也未免太凶残、太卑鄙了。她转身拉开门，想远离这帮让她觉得恶心的人。正在这时，她抬头一看，突然看到舜神色自若地从外面走来。

这下子，屋子里的人都惊讶得说不出话来，时间仿佛静止了。过了很久，象才打破了寂静，耷拉着脑袋说："哥哥，我正在想念你，心里很难过呢。"

舜说："是啊，我知道你正在想念我呢。"

瞽叟等人这才回过神来，随便支吾了几句，就找个借口赶快灰溜溜地飞也似的跑了。

天性善良的舜虽然被家人害了这两次，心里却丝毫也不计较，对待爹妈和弟弟妹妹还是像先前一样孝顺和友爱。从这以后，本来有些坏习性的小妹妹，面对哥哥的美德，也真心感到了悔恨和歉意，转而向哥哥嫂嫂真诚以待了。

敤手作画

　　人类社会尚未发明刀、笔以前，人们写字、绘画只能凭两只手。敤手聪明伶俐，最喜欢作画，她常用那双灵巧的双手，蘸上花叶的浆汁，或是地上的稀泥，在墙壁、岩壁上东涂西抹，画出各种跑跳自如的动物、变化多端的云朵、郁郁葱葱的草木，神情、姿态栩栩如生。由于她画的画生动、形象，史家便称敤手是中国绘画的鼻祖。

感化家人

小妹妹敛手痛改前非，意识到自己之前的错误，从此以后就密切关注父母和象的行动，生怕他们又玩出什么花样来暗害哥哥嫂嫂一家人。事情正如她所料，瞽叟等人在阴谋又没有得逞后，一计不成又生一计，准备假意请舜去喝酒，并在灌醉他之后把他杀死。小妹妹在一旁原原本本地弄清楚了他们的毒计，就赶紧悄悄跑去告诉两个嫂子。

嫂子们听了小妹妹的话，心里很是感激，就拉着小妹妹的手，一边安慰她一边笑着说："真是太谢谢你了！你就放心回去吧，我们自有办法。"

小妹妹走了没多久，象果然一摇一摆地来了，他老远就喊住了刚刚回家的舜，对他说："哥哥呀，之前实在是对不住，这回爹妈特地置了点酒菜，想向哥哥表示歉意，请哥哥一定赏脸，明天我们都在家等着你啊。"

舜很聪明，他知道这又是个陷阱，可是孝顺的他实在无法拒绝，只好答应了弟弟。送走弟弟之后，他在屋子里来来回回踱着步，感到非常忧愁。"怎么办呢？"他向娥皇和女英说，"是去还是不去呢？不知道他们又在玩什么鬼花样啊！"

"怎么能不去呢？"妻子们宽慰着舜，"做儿子的不去父母家吃饭，恐怕爹妈又要见怪了。你就放心去吧。"

她们一边说着，一边抬脚走进里屋。娥皇从陪嫁来的箱子里拿出一包药粉递给舜，叮嘱他说："你把这药拿去，和上狗屎，倒进水里，用那水洗个澡。明天你就可以放心去喝酒了。热水在厨房里，已经替你烧好了。"

经过前面两次逢凶化吉，舜深深佩服妻子们的本领，于是他赶紧按照娥皇说的，拿狗屎和药洗了个澡。第二天他早早起床，穿上一身干净衣服，便到爹妈家赴宴去了。

瞽叟等人早已准备好了一切，欢欢喜喜地接待了舜。他们仔细观察了舜身上的衣服，发现里里外外都没有什么奇怪的花纹，这才放下心来。不一会儿，老太婆端上丰盛的菜肴，象为舜斟满酒杯，老头子招呼大家坐下来喝酒。可就在门的后边，有着闪闪的寒光，原来那里暗藏着早已经磨得锋利的板斧。宴席上大家喝酒吃菜，发出阵阵劝酒声和欢笑声。象一次次地向舜敬酒，舜二话不说，总是一饮而尽。一杯又一杯，也不知道过了多久，一直喝到劝酒的人都有些东倒西歪，说话不大灵便了，舜却还神清气爽，端端正正地坐在那里，好像他喝的根本不是酒，而是一杯杯清水。

瞽叟叫象再去酒窖里拿酒，可是象早就喝得太多，醉倒在地，什么也不知道了；瞽叟叫妻子去端菜，可是厨房里的瓜果蔬菜已经全都用完，再也没有什么可以拿到桌上来招待了；瞽叟想再劝舜留下多喝几杯，可是自己的身体也不听使唤了。这帮坏人一个个喝得动弹不得,眼睁睁地看着舜擦干净嘴巴,很有礼貌地告辞,然后扬长而去。

娥皇和女英见到舜平安回家,都非常欢喜。经过这些事,她们亲眼见证了舜的美德,被他深深折服。于是,她们到了尧那里,把这些事情一五一十地告诉了他。尧听了女儿们的话,也认为舜的确是既贤良又有才干的贤人,可以把天子的位子传给他。

但是,在传位以前,尧还要在政治上锻炼一下舜,让他进一步学习治国之道。于是,尧命舜入朝为官。不管派给他什么样的职务,舜都兢兢业业、任劳任怨,把工作做得非常出色。最后,为了慎重起见,尧决定进行最后的考核,看看这个有才干的青年能不能通过这最后一关。

这一天,在一大群随从的护卫下,尧带着舜走到一个阴森茂密的大山林的深处,眼看着一场雷雨将要来临,尧与随从们先行离开。临走前,尧对舜说:"我要看看你一个人用什么法子走出这片山林。"

舜听了这话,知道这是一次非比寻常的考验,在尧离开之后,他面无惧色,昂首阔步地走在大山林里。此时天上阴云密布,地面飞沙走石,很快山林里一片墨黑,伸手不见五指。接着便是电闪雷鸣,大雨"哗哗"地倾盆而下,天就像是裂开了一样。在闪电发出的亮光中,树林里的树像是妖怪一般张牙舞爪。走在暴风雨里的舜简直分不出东西南北,可是他仍然坚定地向前走着。接着,神奇的事情发生了,山林里的毒蛇看到他就远远地避开,虎豹豺狼也不敢出现在他的附近,更不用说去侵害这位勇士了。就这样,勇敢而又充满智慧的舜在这片风云变幻、雷雨交加的山林里走着,丝毫没有被这雷雨大风的表面现象所迷惑。最后,他终于沿着来时的道路走出了这片山林,见到了在山林外面等候着他的人。

也有人说,舜的身上有妻子们为他准备的宝物,才从这最后的考验中安全回来。但就算是这样,他单独一个人在电闪雷鸣之中,从黑暗而阴森的山林里走出去,那样勇敢而坚定的精神,也是值得佩服的。

通过了最后的这场考验,尧满意地把天子的位置禅让给了舜。舜做了国君之后,就坐着马车回去见他的家人。瞽叟等人听说舜带着大批人马回到家乡,以为他是来兴师问罪的,一个个战战兢兢,恨不得找个地缝钻进去。然而,等他们真的见到了舜,却发现他老远就走下马车来迎接他们,还是像从前一样恭敬孝顺,并没有因为自己成为新的国君而傲慢无礼。瞽叟到这时候才良心发现,觉得儿子真是一个好人,他跪在舜的面前,老泪纵横,声音颤抖着说:"以前都是我老糊涂了,犯了那么多的错,希望你原谅过去那个心胸狭窄的老头儿吧!"看到瞽叟真诚地改过向善,舜心里很高兴,赶紧把父亲扶起来,一家人欢欢喜喜地往家里走去。后来,舜又把有鼻这个地方赐给象,封他做诸侯。象受封以后,觉得哥哥真是仁爱宽大,心里非常感动,从此就渐渐地改掉了那些恶劣的习性,成为了一个有用的好人。

湘妃竹和委蛇

舜做了国君之后，就像尧那样，几十年来勤勤恳恳、兢兢业业，做了很多有利于人民的事情，最后他也向尧学习，没有把王位传给只知道唱歌跳舞的儿子商均，而是禅让给辛辛苦苦治理洪水、有大功于人民的禹，可见舜的确是大公无私的。

舜非常喜欢音乐，所以尧把两个女儿嫁给他的时候，还特地赐给他一把琴。他做了天子之后，有一天喊来宫廷乐师延，对他说："你想想办法，看看能不能把我父亲留给我的十五根弦的瑟改造得更加动听。"延经过一番思考和实验，乐师延最后为瑟添上了八根弦，制成了二十三弦的瑟。

后来，舜又叫乐师质整理帝喾时代的乐师咸黑的作品，把《九招》《六英》《六列》等改编成为新的乐曲。其中《九招》又叫《九韶》，因为在演奏时需要使用箫、笙等细乐器来配合，所以又叫《箫韶》。当年，舜命乐师们在大殿之上演奏《九韶》，一时间笙箫齐鸣，声音悠扬婉转，好像天上的百鸟在齐声歌唱。接着，大家亲眼见到天空飞来一双双的凤凰，在舜的面前翩翩起舞，就像是专门来朝见君王的。后来，孔子听了这种音乐，止不住连连称赞说："《九韶》这种音乐真是尽善又尽美了！至于周武王所作的《武》这种音乐，虽说是尽美了，却还没有尽善，远远不如《九韶》感人哪！"

舜在独处的时候，闲来无事就喜欢弹五弦琴，在清雅的琴音中，他一遍遍地唱着一首他自己写的叫作《南风》的歌曲，歌词大意是："南方吹来的清凉的风啊，可以消除人民的愁烦啊！南方吹来的及时的风啊，可以增加人民的财富啊！"可见他确实是心怀百姓啊！

等舜到了晚年，他还坚持亲自到南方各个地方去视察民间疾苦。忽然有一天，他在视察的路上不幸染了病，医治无效，死在了苍梧之野。噩耗传来，全国人民都非常悲痛，尤其是他那两个与他患难与共的妻子。一听到这个不幸的消息，她们就悲痛万分，泪水像断了线的珠子一样不断涌出，别人见了她们都被那种悲伤所感染，也忍不住流下泪来。

娥皇和女英一边哭泣，一边收拾行李，坐了车和船到南方去奔丧，路上看见南方的景色，想到舜就这样死在他乡，临死前也没有家人的陪伴，眼泪就更加止不住了。一路上她们的泪水就没有停过，这些伤心的眼泪像雨水一样洒在南方的竹林里，所有的竹叶便长出了斑斑点点，就像她们的泪痕，从此南方便有了斑竹，人们又把它们叫作"湘妃竹"。

谁也没有想到，娥皇和女英走到湘水时，不幸遇到风暴，水波被狂风吹得汹涌起来，弄翻了她们的船。由于悲伤过度，身体过于虚弱，她们带着遗恨淹死在冰冷的江水之中，成了湘水的神灵。从此以后，每当她们心情较好的时候，就在秋风中迎着纷飞的落叶，在浅滩上缓缓徘徊。那水面上波光粼粼，仿佛是她们美丽的眼睛在含泪闪耀。要是她们心情不好，思念起那客死他乡的丈夫，她们在江水中进出时就会带来猛烈的风和狂暴的雨。不仅如此，在风雨之中还有许多长得像人的怪神，他们站在巨蛇上，双手握着蛇，在浪涛之中上下起伏。此时，一群群怪鸟也趁机出来，在一片迷蒙的雾气中乱飞乱叫，一片愁云惨淡的景象，让人心惊。

据说，舜死了以后，人们就用瓦棺装殓着他的尸骨，将他埋葬在苍梧的九疑山的南面。九疑山上有九条溪涧，每一条都很相像，到山上去的人很容易被地形迷惑，所以就把这座山叫作"九疑"。在九疑山的山脚下就是舜的祀田，每到春秋两季，就会有一种长着长鼻大耳的巨象来耕种这些田地，后来舜的弟弟象也每年从封地赶来，坚持祭扫哥哥的坟墓。象去世以后，人们便在坟墓附近给他造了一座亭，叫作"鼻亭"。

在九疑山上有着各种各样的奇禽怪兽，其中就数一种叫作"委蛇"的动物最是奇特。

这委蛇是一种生着两个脑袋的怪蛇。据说谁见了这怪蛇，谁就一定会死。在春秋时候，楚国有一个叫孙叔敖的人，当他还是小孩子的时候，有一天去山上玩耍，看到了这种两头怪蛇。当时他心里一惊，想：长辈们都说见了两头蛇的人就要死，那我肯定是要死了，可是后来要是也有人见到它，岂不是也要死吗？我一个人死了就算了，为什么还要留下它来残害后来的人呢？

想到这里，这勇敢的孩子拾起地上的石头、泥块，毅然决然地走上前去，对着怪蛇乱砸一通，终于把怪蛇给砸死了。接着，孙叔敖在地上挖了一个坑,把它埋葬起来,心想这样就不会被人看见了。说也奇怪,孙叔敖后来不但没有死,反而做了楚国的宰相,非常贤能,为人民所爱戴。大概对于真正正直勇敢的人,就连妖魔鬼怪也拿他没有办法吧。

关于委蛇还有一个传说,说这两头怪蛇有时候会头戴红帽、身穿紫袍,如果有国王在这时候看到它,就可以雄霸天下。据说春秋时期,齐桓公坐着马车出去打猎,当他漫不经心地往周围打量时,忽然看到路边有一条戴着红帽、穿着紫袍的两头怪蛇。齐桓公吓得一个激灵,脸色变得煞白,立马把身子坐直了,连声叫着:"有鬼呀,有鬼呀!"可是身边的人却好像什么也没有看到,都担心地围过来问他怎么了。齐桓公就问驾车的丞相管仲:"你有没有看见什么怪东西?"一心只在驾车的管仲回答说:"回禀主上,我什么也没看见。"

回到宫廷后,齐桓公左思右想,身上冷汗直冒,接着竟生起病来,找了许多大夫来看,却始终不见好转。后来,齐国有一个贤士叫皇子告敖,自告奋勇来求见齐桓公,向齐桓公讲了许多关于鬼的话,刚讲到委蛇这种两头怪蛇时,齐桓公觉得跟自己看到的很像,便向他仔细询问。皇子告敖就仔细描述道:"委蛇是一种奇怪的蛇,它有两个头,有时会戴着大红色的帽子,穿着紫色的袍子。它最讨厌雷车经过时的声音,只要听到就呆立不动。"

齐桓公立刻说:"这就是我上次在路上见到的蛇了!"皇子告敖听了这话,立刻站起身来,语气肯定地拱手祝贺道:"恭喜主上,主上见到这怪蛇,就说明您很快就可以雄霸天下了!"齐桓公听了非常高兴,他的病也就很快痊愈了。

舜的子孙

据说,舜的妻子除了娥皇和女英,还有一个叫登比氏。登比氏生了两个女儿,一个叫宵明,一个叫烛光,住在黄河附近的大泽中。她们身上都发出明亮的光芒,终日不灭。到了晚上,那神光可以把方圆百里的地方都照得清清楚楚。

有的书上说,舜有九个儿子,其中一个叫义钧,后来被封在商地又叫商均,其余的八个儿子没有留下名字,只知道他们和商均一样喜欢唱歌跳舞。这一群只懂歌舞的花花公子肯定不能担当治理天下的重任。

传说,在舜的后代中,还有的人在边荒的两个国家居住,一个是东方荒野的摇民国,一个是南方荒野的载(zhì)国。载国的人黄皮肤,擅长拉弓射蛇,他们不用耕田就有食物吃,不用织布就有衣服穿,每天身边还有鸾鸟唱歌,凤凰舞蹈,他们生活的地方简直就是人间的乐园。

十日齐出

尧掌管天下的时候，帝俊与羲和生的十个太阳儿子都住在东方海外的汤谷，位于黑齿国的北方。十个太阳儿子特别喜欢在汤谷里洗澡，所以这里的水总是滚烫的，简直像沸腾的开水一样。在沸腾的水中生长着一棵大树，名为"扶桑"。扶桑树有几千丈高，一千多围宽，十个太阳儿子就住在上面。每天羲和都要驾着车送其中一个太阳儿子去天空值班。十个太阳每天轮流值班，很有秩序，也并不辛苦。

太阳出来时的景象实在是庄严而又壮美。据说，在顶天立地的扶桑树的树梢上，终年站着一只碧玉的公鸡，每当黑夜将尽、黎明将来的时候，玉鸡就张开它的翅膀，高昂起修长的脖子，"喔喔"地鸣叫起来。听到玉鸡的叫声后，桃都山大桃树上的金鸡便跟着叫起来，随后各处名山胜水的石鸡也跟着叫起来，紧跟着全天下的鸡就争先恐后地叫起来，"喔喔"的啼叫声嘹亮清越,就像一曲激动人心的旋律。这时,一轮鲜红明亮的太阳就在滔天的海潮和满天的霞光中冉冉升起。

太阳每天都严格按照规定的路线出去值班。太阳出来了,羲和妈妈替他驾了车子,六条龙拉着车子像风一样飞驰。当太阳在汤谷里洗完澡、升到扶桑树顶的时候,就叫作"晨明";在扶桑树顶,太阳坐上妈妈给准备好的车子,这时候就叫作"朏(fěi)明";到了一个名叫曲阿的地方,就叫作"旦明"。以后太阳每经过一个重要的地方,都有一个代表时间的特别的名词。太阳就这样由妈妈伴送着,一直到了悲泉一个叫作"县车"的地方,妈妈就停车让太阳儿子下来。"县车"就是"悬车",也就是停车的意思。剩下的一段短短的路程,就得由太阳儿子自己去走了。可是,妈妈不放心她的孩子,总是嘱咐一番,然后坐在车上目送着爱子。太阳到了虞渊时就叫"黄昏",进了蒙谷就叫"定昏"。眼看着儿子一天的行程结束了,羲和才放下心来,驾着空车,在清凉的夜风中穿过繁星和轻云,回到东方的汤谷去,开始准备新的一天的行程。

起初太阳儿子们都很喜欢这个轮流值班的制度,他们搂着妈妈的手臂,簇拥着即将上车值班的那个兄弟,感到开心快乐。妈妈的陪伴也让他们感觉到又温暖又踏实。可是日子久了,千百万年都是这么过,他们就觉得一点儿也不好玩了。有一天晚上,太阳们聚在扶桑树上交头接耳地议论起来。一个说:"我明天不想出去了,好想和你们一起在汤谷里玩耍啊。"一个说:"哎呀,我明天可是很想去耍一圈的,可是我实在不想一个人出去呀!"另一个说:"哈哈,要是我们一起出去,是不是很好玩?"他们越聊越开心,最后居然拟定了一个叛逆的计划。

第二天早晨，羲和妈妈还没有赶到扶桑树，就听到"轰"的一声，十个太阳儿子一齐飞跑出去啦。他们欢喜地跳着、蹦着，在广阔无垠的天空中翻着跟头。

妈妈急得站在车上大声呼唤："哎呀呀，我的孩子们呀，你们快点回来吧！再不回来，天下就遭殃啦！"可是这些顽皮的孩子开心极了，把妈妈的话当作耳旁风。他们七嘴八舌地说："以后咱们就这样一起出来吧，比在汤谷里好玩多啦！"从此以后他们就决定：以后每天都这么一同出来，再也不要分开了。

十个太阳一起出现在天空中，是多么光明灿烂啊！太阳们看到人们在大地上呼号奔跑，还以为是在向他们表示欢迎，但其实大地上的一切生物都痛恨死他们了，因为天下大旱，土地被烤焦了，禾苗干枯了，铜铁沙石都几乎熔化了。人们热得喘不过气，感觉血液都快要沸腾起来。大地上没有任何可以吃的东西了，人们又焦灼又饥饿，被逼得快要疯了。他们没有办法，只得按照当时的风俗习惯，把一个叫女丑的女巫抬到王城附近的小山坡上去暴晒，据说这样就可以下雨。

这个女巫本领很大，她经常骑着一只鳌鱼在九州的原野上巡行。这只鳌鱼就是《山海经》里所说的"陵鱼"，长着独角，有四条腿，有点像娃娃鱼，但比娃娃鱼大得多，也凶猛得多。它的背脊和肚子上都长着三角形的尖刺，是厉害的武器，人们很难捉住它，女丑却有本领驯服它。除此之外，女丑还有一只螃蟹，这大蟹生长在北海，背脊有千里之宽，也随时听候女丑的差遣。

人们敲锣打鼓，匍匐在女丑面前喊着："神一样的巫师呀，求你一定要救救天下百姓啊！"女丑还没有来得及思考怎么做才能够制止十个太阳的恶作剧，就已经被人们用树枝和藤萝做的彩色轿子抬了出来。

人们举着旗幡，敲着钟磬（qìng），簇拥着这个彩色的轿子，在强光下的焦土上，向王城附近的一座小山奔跑。女丑穿着一身青色的衣服端坐在彩轿里面，浑身冒着汗水，衣衫都湿透了。她抬头望天，嘴里喃喃地祈祷着。她就这样仓促地被抬出来，哪里知道自己有没有足够的能力来终结这恐怖的局面啊！

这一群黑瘦的人到了小山坡上，跳着，嚷着，做过法事之后，就把女丑抬出来，让她坐在山头的草甸子上，在阳光下面暴晒。然后，人们四散跑开，躲在附近的岩洞或树洞里等候奇迹出现，同时监视着女丑，防止她逃跑。

一个时辰过去了，两个时辰过去了，十个太阳仍然在天空中逞着威风。那跪坐在草甸上晒太阳的女丑，起初还跪在那里喃喃地念着咒语，不一会儿就伸着脖子，半张着嘴巴，大口大口地喘气，再过一会，她就只能缩起身子，用那宽大的袍袖蒙住头和脸了。

人们正想冲出去让女丑放下她的袍袖，只见女丑就像喝醉了酒一样，身子晃了晃，忽然直挺挺地倒在地上，抽搐了两下，再也不动弹了。人们跑上前去一看，原来她实在承受不住太阳的毒焰，已经被晒死了。

女丑的死使人们几乎绝望，大家再也想不出别的办法来了。而且，随着时间的推移，因为气候酷热，一大群奇奇怪怪的飞禽猛兽，如猰貐、凿齿、九婴、大风、封豨（xī）、修蛇，等等，都纷纷从火焰般的森林或者沸水般的江河湖泊里跑出来，在各个地方残害人民，人间一派地狱中的景象。

　　看到这样的场景,尧感到忧愁、烦恼,但却束手无策,不知道该怎么解决这个大麻烦。他爱人民就像爱自己的儿女,如今人民陷于水深火热之中,怎样去解除他们的苦痛,是压在尧肩头上的重任。但是,他除了向天帝祷告、呼吁以外,一点办法也没有。因此他每天寝食难安,心里烦闷极了。

羿射九日

在十日齐出的日子里，尧每天都向帝俊祷告："伟大圣明的天帝呀，请求您帮帮我们全天下的人民吧，十个太阳的日子实在是太难熬了啊！"这些祷告每天都会传到帝俊的耳朵里，孩子们的恶作剧，帝俊这个做父亲的哪能不知道呢？只是，孩子们从小被娇纵惯了，就算帝俊严厉责骂几句，也根本无济于事。若是真使用神国的法律惩罚自己的亲生儿子，虽然有用，但又实在于心不忍；可要是听之任之，下界人民的呼号又让人烦心。面对这件事情，帝俊感到非常难办，迟迟想不出个十全十美的办法来。

最后，就连天宫也因为这件事有了骚动。一到朝堂之上，臣子们就纷纷议论人间灾祸，七嘴八舌地为下界的苍生说话，虽然没有人直接指责天帝，但是帝俊自己也觉得不能再纵容孩子们胡闹下去了。

"大家看看，我们派遣哪位神将去人间？"一天，帝俊终于忍不住了，询问起大家的意见。

臣子们一听，纷纷推荐道："派天神羿去最合适，他有勇有谋、敢做敢当，一定可以胜任！"帝俊仔细询问了羿的才干，得知羿箭法高明——一只小雀子从他面前飞过，他能一箭射落；当他弯弓射箭时，连居住在海滨、一向不会射箭的越国人都争着替他拿箭靶子。

帝俊仔细考虑了一番，终于决定派羿去人间，一是他可以让孩子们吃一点苦头、知难而退，二是他可以去帮助尧解决那些出来残害人民的恶禽猛兽。

这一天，帝俊亲自去给羿践行，他叮嘱羿说："你此去人间，要替我教育那十个儿子，但是一定要把握处罚的度啊。切记，不到万不得已，一定不要伤害他们；如果实在别无选择，那就用我特制的羽箭射伤他们，只要让他们吃一点小小的苦头就足够啦。"接着，帝俊命人取来一张华美坚固的红色长弓及一口袋的白色羽箭，亲手把弓和箭交给了羿。

羿领了帝俊的命令下到凡间，同行的还有妻子嫦娥。嫦娥又叫姮（héng）娥，是天上的女神。他们一到凡间就直接去了尧的住所。在那个闷热的茅草屋里，愁苦的尧还在虔诚地喃喃祈祷，突然间看到进门的羿和嫦娥。一番询问之后，尧得知羿是帝俊派遣下来的天神，大喜过望，立刻带了羿夫妻俩到外面去视察国家的状况。

远远近近的人看见尧带着天神羿来到人间，顿时全身又恢复了活力。他们都赶到王城所在的地方，聚集在广场上，大声呐喊和欢呼，请求羿的帮助。"恩人呀！快救救我们吧！"他们用尽全身的力气呼喊着。在十个太阳的炙烤下，又有很多人热死或者热昏过去，没死的骨瘦如柴，身体羸弱，奄奄一息。羿看着匍匐在地上的这些可怜人,心里难过极了,他想:既然我已经领受了天帝的命令,又面对人民的请求,我应该立即开始履行自己的使命了。

第一件困难的工作就是去对付天空中的十个太阳。羿跟着尧大步向广场走去。此时,人们早已等候得不耐烦了。"看哪!天神来救我们啦,苦日子就要熬到头啦!"从远远近近不断传来的欢呼声和呐喊声就像有魔力一样,催促着羿。此刻的羿再也无法只是做做样子、给太阳们一点轻微的教训了。他知道这些饱受苦难的人们心里的愿望,看到眼前那龟裂的大地、奄奄一息的人群、荒野中的尸骨,感到令人窒息的热浪,羿再也抑制不住内心的愤怒。他越是可怜这些处在水深火热中的人民,就越是痛恨天上的十个太阳。于是,他做出了一个令自己也震惊的决定:再也不管天帝的嘱咐,一定要将这些张牙舞爪的太阳收拾下来,以免他们以后再出来胡作非为。

他迈着矫健的步伐走到广场中央,从肩上取下那张红色的弓,再从箭袋里取出一支白羽箭。羿搭上箭、拉满弓,瞄准天上火红的太阳,"嗖"的一箭射了上去。

人们都安静下来,盯着那支箭飞去的方向。起初没有什么动静,但是片刻之后,天空中突然有一团火球无声爆裂。顷刻间,流火乱飞,天上散落下金色的羽毛,接着,从天上轰然坠落了一团红亮亮的东西,砸到地面上,扑起一阵烟尘。人们跑到近前去一看,原来是一只身上中了箭的三足乌鸦,浑身金黄,硕大无比,想来就是太阳精魂的化身了。再看看天上,太阳果然已经只剩下九个,空气也似乎凉爽了一些,人们不由得齐声喝彩。

　　既然已经闯了大祸，羿索性一不做二不休，又拈弓搭箭，向天空中那些浑身战栗着往四面八方奔逃的太阳射去。一支又一支的箭如疾飞的鸟儿射向空中，伴随着"嗖嗖嗖"的箭声，天空中一团团火球无声地破裂，满天都是流火，数不清的金色羽毛像金色的雪花一样纷纷飘落，三足乌鸦一只只地坠落下来，人们的欢呼声响彻大地。

　　羿正射得高兴，站在一边看他射箭的尧忽然想起太阳也有使万物生长的功劳，是不能全射下来的，急忙命人暗中从羿那装着十支箭的箭袋里抽走了一支，所以最终天空中还剩下一个吓得哆哆嗦嗦、脸色发白的太阳。这时，地面上的温度也降了下来，空中终于吹来了凉爽的风。

　　从此，剩下的这个唯一的太阳每天东升西落，兢兢业业，再也不敢调皮捣蛋了，人间终于恢复了正常的秩序。

羿除七害

十日齐出的灾害算是除去了，但是人间还有种种为非作歹的恶禽猛兽，羿之后的工作就是替人们除去这些恶禽猛兽。

那时中原一带有一只怪兽名叫猰貐，最是凶残。它是一只长得像牛的怪兽，通体红色，长着人的脸和马的脚，嗥叫起来就像婴儿啼哭。猰貐特别爱吃人，不知道吃掉了多少黎民百姓，只要提起它，人们就胆战心惊。其实，猰貐就是窫窳，原本是天上的诸神之一，老实善良，却被贰负神和一个叫作"危"的臣子给谋杀了。后来它被昆仑山的巫师救活，一时迷了心窍，跳到弱水中，化作这样一个怪兽，竟然开始为害人间。羿射日之后，就去和猰貐战斗。猰貐虽然身形巨大、性情凶猛，但是面对擅长射箭的天神羿，就是小巫见大巫了。羿拉弓射箭，一下子就杀死了猰貐，没有费多少力气就除了一方大害。

接着，羿到南方去杀一个名叫凿齿的怪物，它住在畴华的水泽之野。凿齿这东西，有的说它是人，有的说它是兽，大概是长着兽头人身的怪物吧。它的牙齿是最厉害的秘密武器，长五六尺，形状像凿子，天底下没有人能抵挡它的锋芒。凿齿十分凶猛，经常出来残害人民。羿对此毫无畏惧，带了天帝赐给他的弓箭前来挑战凿齿。凿齿起初还拿了一把戈去攻击羿，后来知道羿的箭法厉害，心慌意乱，又随手换了一面盾来保护自己。但是羿凭借过人的勇气和精湛的箭艺，根本没有给凿齿近身的机会，"嗖"的一箭就射死了凿齿。

然后，羿到北方的凶水去杀九婴。九婴长着九个脑袋，能够喷水也能够吐火。羿一到北方，就和九婴激战了一场。九头怪物究竟不是天神羿的对手，最终还是一箭殒命，被射死在波涛汹涌的凶水之上。

羿杀了九婴回来的路上，发现北方有一座奚禄山忽然崩塌，里面有一个神物发出莹莹绿光。羿从崩塌的地方攀爬进去一看，那竟然是一个坚硬而精美的玉扳指。扳指是射手们套在大拇指上用来钩弦的，一般用象骨做成，羿在奚禄山得到的扳指却是一块美玉通过自然演变形成的，当然十分名贵。得到了这个天赐的玉扳指，羿更加神勇了。

这天，羿经过东方的青丘之泽，正遇见一只名叫大风的鸷（zhì）鸟在那里害人。这种鸟身形巨大，性情极其凶悍，能伤害人畜。它的翅膀掠过哪里，就在哪里扬起一阵大风。大风所到之处，人们的房屋、居舍都荡然无存。

羿有勇有谋，知道这种鸷鸟力气很大，又善于飞行，一箭射去万一没把它射死，它带箭逃走，躲在什么地方不出来，反而更加麻烦。因此，羿特地做了一条青丝绳子,将绳索固定在箭尾。羿埋伏在树林之间,简直和丛林融为一体,谁也无法察觉他。等到那鸷鸟飞过来时,羿突然搭箭射去,正中鸷鸟的胸膛,鸷鸟果然没有立刻毙命,而是不断挣扎着想要飞走。但是箭后系上了青丝绳子,羿发挥强大的臂力,直接把它拉下来,然后用剑把它砍作了几段,这样一来,羿又替人民除了一个大害。

接着,羿又到南方的洞庭湖去,那里有一条巨蟒在兴风作浪,它掀翻渔船,再把船上的人吞进肚子里去,不知道害了多少人。这条巨蟒叫作巴蛇,长着黑漆漆的身子、青色的脑袋,能把一头大象囫囵地吞到肚子里,消化三年,才吐出象的骨头。据说,人若是吃了这巨蟒吐出的象骨,可以治心痛和肚子痛。

羿遇见了这种对头,感到十分棘手,毕竟他不擅长水中的狩猎。但他既然来了,就不会退缩。他勇敢地驾起一只小船,在洞庭湖的洪涛中穿行,找寻巴蛇的身影。找了好半天,终于,羿远远地看到,那蛇正昂着头吐着火焰一般的舌头,掀起如山的白浪,向着羿的船头游过来。羿连忙对准那蛇连射几箭,箭箭都中要害,那蛇却十分顽强,一直游到羿的船边。羿万不得已,拔出剑来在水面上应战。只见巨浪滔天,在岸上围观的人一会儿见到羿的剑发出闪闪寒光,一会儿见到巴蛇的身影在惊涛骇浪中穿行。

这场战斗不知道持续了多久,当腥臭的血染红了大片的湖水,浪潮才渐渐平息,水面上漂起被斩成好几截的巴蛇的身体。人们顿时欢呼雀跃,迎接着羿的凯旋。欢呼声惊天动地,响彻九霄。后来,人们打捞起巨蟒的尸骨,把它的骨头堆成了一座山陵,据说就是后来的巴陵,又叫巴丘,就在今天湖南省岳阳县城西南角的洞庭湖旁边。

在猰貐、凿齿、九婴、大风、巴蛇之后，最后一个为害一方的怪兽就是桑林里的大野猪了。桑林这地方，古书上没有记载，不知道是在哪里，不过据说后来成汤曾经在这个地方求过雨，这个地方结束了七年的旱灾之苦，据此推断这个地方肯定在中原了。大野猪名叫封豨，长着长牙和利爪，力气赛过牛。它最爱在田地里打滚，毁坏田里的庄稼，还特别喜欢吃家畜和人。它跑到哪里，哪里的人就遭殃，所以人们提起它都恨得牙痒痒。如今羿一来，那遭殃的就肯定是野猪啦。羿的神箭哪里是封豨所能抵挡的？只见羿连发几箭，都射在野猪的腿上，叫这蠢东西死不了又跑不掉，最后被生擒活捉。人们一哄而上，把封豨五花大绑，抬回来游行，庆贺羿的丰功伟绩。

如此一来，加上羿解除十日的灾害，羿总共为人民除去了七桩大害，天下的百姓顿时扬眉吐气，奉羿为最伟大的英雄，到处传扬着关于他的颂歌。

英雄被贬

  羿为人民除了七桩大害，天下的人民都感念他的功德，尧就更不用说，自然也是对羿万分感激。羿觉得自己圆满完成了帝俊交给他的任务，又满足又高兴。于是，他把在桑林活捉的大野猪宰杀了，把肉剁得细细的，蒸成肉膏，装进献礼的盒子，奉献给帝俊。羿恭恭敬敬地说："圣明的天帝呀，我没有辜负您的期望，完成了我的使命。这是桑林的野猪肉膏，鲜香味美，请您收下这份献礼吧！"羿满以为帝俊会嘉许自己一番，哪知道他竟一点儿也不高兴，满面怒容，用手指着羿呵斥道："滚出去！永远也不要再让我见到你！"这样的情景完全出乎羿的意料。

  为什么会这样呢？其实，稍微想一下就知道了：帝俊的十个太阳儿子，一下子就被羿射死了九个，试问，哪个父亲还能心平气和地面对杀死自己九个亲生儿子的人呢？此时此刻，天帝心里的丧子之痛已逐渐转化为对羿的仇恨。

帝俊怒气冲冲地赶走了羿，又革除了羿的神籍，甚至连嫦娥也受到牵连，一并被发落到人间去了。从此以后，羿再也没有返回天庭，他和妻子嫦娥都被贬为凡人，流落在人间。

羿垂头丧气地回到家里，本以为妻子嫦娥会拥抱他，给他温暖和安慰。没有想到，嫦娥不仅没有安慰他，反而不断抱怨和责怪丈夫："都怪你，我原本贵为天女，现在被贬为凡人。人和神的距离多么遥远啊！我再也不想见到你！"嫦娥认为现在的一切苦难，都是羿的鲁莽所造成的。从此，羿和嫦娥的感情开始有了裂痕。嫦娥的心里容不下这么多的愤恨和烦恼，整天抱怨不休。羿每天一睁开眼就被妻子数落，心里十分郁闷，只好从家里逃出去，在人间到处漫游，转移注意力、缓解苦闷。

羿一定是痛苦而忧郁的，他冒着生命的危险替人民除害，立了大功，却被天帝疏远、降下惩罚，在妻子那里也得不到一点点安慰，只有喋喋不休的抱怨和指责。若是那个时候有酒喝的话，羿一定每天借酒浇愁，逃避世事。可是现在，羿唯一解闷的方法就只能是赶着隆隆的大车，带着随从去原野上奔驰，到山林中打猎。拂过耳畔的那呼呼的风声，也许会暂时吹散他的忧愁；和野兽搏斗时候的兴奋，也许会暂时消解他的痛苦。他就这样一天天漫无目的地游荡下去，也没心思做什么正经事情，在一般人的眼里，英雄羿开始堕落了。

一天，羿闲逛到洛水边上，偶然遇见了洛水的女神雒嫔。雒嫔就是伏羲的女儿宓妃，在洛水渡河时淹死，成为洛水的女神。洛神的美丽闻名于世，屈原曾在他著名的诗篇《离骚》里这么赞颂她：

我叫云师丰隆驾上他的云马香车，

去寻找宓妃这位旷古的美人；

我专门解下我的佩带，

向她表达我对她的爱慕，

我请伏羲的贤臣蹇修来做我的媒人，

可是她芳心忐忑，没有拿定主意，

忽然拒绝了我的恳请。

晚上她回到西方的穷石，

昆仑山脚下的弱水在那里发源；

早上她在洧盘河边洗她美丽的长发，

灿烂的朝阳唤醒了沉睡的崦嵫（yān zī）山。

骄傲的女神啊隐遁在山林，

空怀着绝世的美貌卓尔不群；

唉，她未免太无情又无礼，

我只得离开她再到别处追寻。

曹植则在《洛神赋》里写道："她的体态像惊飞的鸿雁那么轻盈，又像乘云上升的矫健的游龙。远远望去好像太阳升在布满朝霞的天空，近看又像白莲花绽放在绿波荡漾的水面。她的身材适中，身高正好，肩膀像用刀削成，腰肢像束着光滑的绢子，修长的脖颈、白皙的肌肤不需要涂抹脂粉，自然美丽无双。乌黑而高耸的云鬓，细长而弯曲的双眉，红红的嘴唇泛着光泽，白灿灿的牙齿耀着光彩，明亮的眼睛顾盼生姿，脸颊边还有销魂动魄的两个小酒窝儿……"

羿遇见宓妃的时候，她正和一群仙女在洛水边上玩耍。天气晴好，偶尔有几丝令人心旷神怡的微风吹过。这时候，有的仙女在河边的浅滩上寻找黑色的灵芝，有的仙女在岸边的树林里拾取翠鸟的羽毛，有的仙女手里拿着从深潭里找到的老蚌的明珠细细观赏。这时，游鱼在江心一跃三尺高，水鸟在湖面飞来飞去，它们好像因为仙女们的到来而高兴，在那里为她们助兴。

在这秋高气爽的晴朗日子里，每一个仙女都天真快乐地享受着这难得的好时光，只有宓妃独自站在岩石上，神情凄凉，假装在观赏那挺拔的孤松和开得明艳的秋菊，思绪却不知道飞到哪里去了。为什么这么美的女神却这么郁郁寡欢、心里充满忧伤？这还要从她的丈夫河伯说起。

河伯的故事

河伯名叫冰夷，又叫冯夷，是洛水之神宓妃的丈夫。有人说他也是因为渡河淹死而做了水神，也有人说他是吃了一种灵药而成的仙。河伯长得很俊美，身材高大挺拔，不过身躯的下半段却是一条大鱼的尾巴。他喜欢乘坐着用荷叶做篷的水车，驾着龙螭（chī），带一众女伴在九河上遨游。我们可以从几个有名的神话传说中看出他的品性。

一　西门豹治邺

在民间传说中，河伯是一位非常风流的花花公子，每年都要娶一位新娘子来陪他玩耍作乐。战国时候，魏国一个叫邺的地方（在今天的河南省临漳县）就有专门为河伯娶媳妇的风俗。地方上的豪绅和官员勾结起来，每年都要让百姓们交上几百万的钱财,却只拿出其中的二三十万来办"喜事",其余的自然都落入了他们的腰包。

每年到了一定的时间,女巫就会挨家挨户地去为河伯挑选新娘子,见了中意的姑娘,就说:"这就是为河伯选定的新娘子了。"接着一干人等便张罗起来,首先拿点钱把这位姑娘聘过来,接着给她洗澡、换上新衣裳,让她住在河边临时搭建的小房子里,好吃好喝地养着。等到了选定的黄道吉日,人们就把这可怜的姑娘打扮起来,让她的亲人见她最后一面。每到此时,姑娘总会抱着妈妈痛哭一场,久久不愿意松开,然而很快就会有人上去把母女俩硬生生地扯开,不顾姑娘的哭闹,强迫她坐在一张下面铺着篾席的花床上,再由几个大汉抬起花床往河里一丢。开始时花床还漂浮在水面上,没过一会儿,花床就渐渐沉没了,人们只能听到岸上吹吹打打的嘈杂的音乐声,再也听不见河心姑娘的绝望悲号……

后来,凡是家里有女儿的,都害怕女儿遭受这样悲惨的命运,就带着女儿离开故土,到遥远的地方去了。渐渐地,一城的人都走空了,留下来的生活越来越艰难困苦,始终没有人敢反抗,因为他们都担心万一河伯发了怒,放洪水可就遭殃了。

这一年,西门豹来这里做县令,他经过走访,了解到人们的疾苦,下定决心要革除这种丑恶的风俗。他思来想去,想了一个好办法。主意拿定,他就找负责这件事情的当地豪绅,对他们说:"今年给河伯娶新娘子的时候,一定要通知我一声,我也要去看看。"这些人没想到他这么快就入乡随俗,不禁都高兴地点头说:"好!好!"

到了那天,西门豹果然来了。这个新来的县令居然有这种兴致,人们都感到奇怪，来看热闹的也比往年多了很多。当时替河伯选姑娘的是个老女巫，已经七十多岁了，身后跟着十来个年轻的女弟子。

时辰已到，西门豹站起来缓缓地说："叫河伯的新娘子过来，我看看长得怎么样。"女巫们便簇拥着一个哭得像泪人儿的姑娘走到西门豹跟前。西门豹故意仔细看了一看，摇头说："这姑娘长得不好，还要劳烦大巫婆去告诉河伯一声，改天选个漂亮姑娘送给他。"说着，便叫人把老女巫扔进河里。老女巫拼命反抗，奈何年纪太大，怎能比得上西门豹手下的壮汉？只听扑通一声，老女巫被扔进了河里，咕嘟咕嘟地冒了几个水泡，便不见了。

过了一会儿，西门豹看着平静的水面，皱着眉头说："大巫婆怎么半天还不回来？叫个弟子去看看。"一挥手，他命人把一个年轻的女巫扔进河里，就这样，接连扔了三个年轻的女巫下去。过了很久，水面仍然没有动静，西门豹又说："刚才去的都是些女子，恐怕讲不清楚，还是要请三老去说一说。"三老就是年纪较大、威望较高，在地方主管教化的乡官。西门豹一声令下，又让人把三老扔下河去。接着，西门豹恭恭敬敬地弯着腰站在河边等候，其他人站在西门豹的身后，不敢说话、不敢乱动，周围一片死一般的寂静。

突然，西门豹又说话了："巫婆和三老都还不回来，怎么办呢？"话音未落，那些豪绅和官员都吓得扑通一声跪在地上，向西门豹磕头求饶，唯恐自己就是下一个被扔到河里的。西门豹想了想，说："既然你们都不想去见河伯，那么今天就先回家去吧，等你们想到什么好办法再来找我。"说完，西门豹就抬脚大步走开，留下一众吓得哆哆嗦嗦的豪绅和官员，以及一群欢呼雀跃的围观的人。那个本来被选中的姑娘幸免于难，抱住家人喜极而泣。从此以后，再也没有人敢提起为河伯娶新娘子的事了。

河伯这个人喜欢乘人之危，所以用发大水来威胁善良的百姓，但是他其实又欺软怕硬，真的碰上西门豹这种勇敢无畏的人，他反而不敢兴风作浪了。西门豹虽然制止了这种丑恶的风俗，却不知道河伯会不会真的来报复，就赶紧发动全县人民凿了十二道沟渠，把河水引来灌溉农田，也杜绝了水患的威胁。河伯一见，更加泄了气，就再也不敢胡作非为了。

二　澹台灭明斗蛟

关于河伯那卑劣的品性，还有一个故事。据说在春秋时候，鲁国武城（在今天的山东省费县西南）有一个勇士叫澹台灭明，虽然容貌丑陋，却很有德行，是孔子的弟子。有一天，澹台灭明带着一块价值千金的白璧，要从延津那里渡过黄河，不知道怎么被河伯知道了。河伯见钱眼开，想得到这块璧，就偷偷地潜伏在水中，等澹台灭明的船渡到中流，立刻命大波之神阳侯掀起滔天的巨浪，又叫两条蛟龙去把他的船弄翻，企图夺下他的白璧。

澹台灭明知道这一切都是河伯捣的鬼，一点儿也不害怕。他身姿挺拔地站在在风浪中左摇右晃的船头上，面对着作怪的蛟龙，一脸正气地说道："谁想要我这块璧，可以用正当的方法请求，但是要用暴力来抢，那绝对不行！"说罢，他从腰间拔出宝剑，奋力和蛟龙搏斗。英勇的澹台灭明有着一手好剑法，顷刻之间就在河心斩杀了两条蛟龙。阳侯见势不妙，不敢再硬碰硬，马上灰溜溜地收起风浪，躲得不知去向了。一瞬间，水面平静下来，连一丝微风都没有，澹台灭明的船安然渡过了黄河。

　　到了对岸，澹台灭明就把那块价值千金的白璧拿出来，鄙夷地往河里一扔，大声说："拿去吧！"奇怪的是，那璧在水面上一弹，又落到澹台灭明的手里。澹台灭明又说："快拿去！"又把璧朝河里一扔，璧又照样弹了回来。大概是因为河伯没有抢到这块璧，讨了个没趣，觉得作为手下败将收下对方的施舍，有点没面子吧。

　　澹台灭明见河伯不肯要，就一抬手，白璧在坚硬的石头上砸了个粉碎。澹台灭明拂袖而去，表示自己不是为了这块白璧而战斗，而是为了其他的比这块白璧还要宝贵的东西而战斗。

羿射河伯

　　河伯生活放荡,性格卑劣,总是带成群的美女出去游玩,不仅如此,每年还另娶新欢,这样看来,他肯定没那么疼爱自己的妻子。

　　洛神一定也早就听腻了河伯那些甜蜜的谎话,看透了河伯的卑劣品性,对河伯也不再有任何的感情了。"遇人不淑"的想法像蛇蝎一样日日夜夜地盘踞在洛神的心里,使她痛苦不堪,一天天地憔悴下去。为了赶走烦闷和忧愁,她只能强颜欢笑地打起精神,和女伴们一起出去游玩。可是这根本无济于事,这些痛苦的心事仍然不断地冒出来,这时候,洛神便独自走到一边,暗自悲伤。

　　也就是在洛神最痛苦的时候,羿和洛神相见恨晚。羿是盖世的英雄,洛神是旷古的美人,而他们又都处在极端的愁苦中,没有家人给予的温暖和安慰,因此他们从同病相怜到相知相爱,也就是顺理成章的事了。有了爱情的滋润,羿开始振作精神,渐渐恢复了英雄气概;洛神也重新焕发神采,变得越来越美丽。

但是,羿和洛神之间的恋情定然会引起两个家庭内部的动荡。河伯公然摆出一副声色俱厉的态度,闭口不谈自己的过错,而是理直气壮地责怪洛神:"你这个不贞的女人,还有什么脸面回来见我!"嫦娥也因此感到既伤心又气愤,日夜啼哭,吵吵闹闹地声讨羿:"你居然抛弃妻子,你怎么这么无情,难道就不怕别人的耻笑吗?"羿和洛神一起品尝着爱情的甜蜜,却也同时面对着家人的责骂和妒忌,心里承受巨大的压力。

河伯是水国之王,手下有大批的官员和兵马。普通的虾兵蟹将自不必说,其中有几种比较特别的,比如被叫作"河伯使者"的猪婆龙,被叫作"河伯从事"的团鱼,被叫作"河伯度事小吏"的乌贼,都是河伯的亲信。猪婆龙出来时的排场还很大:它会变化成人,穿着白衣服,戴着黑帽子,看上去仪表堂堂,骑着一匹带着红鬣(liè)毛的白马,后面跟着十二个小孩子,可能是由小鱼小虾们变成的。猪婆龙一般会骑着马在水面上如风一样地狂奔,有时也会跑上岸去,所到之处大雨滂沱。到了黄昏时分,猪婆龙才带着这些小孩子回到河里去。

河伯的这些手下时常出来,到水面上打听消息,再汇报给河伯。从这些亲信的描述中,河伯了解到羿和洛神的感情进展,心里十分愤怒。终于有一天,他实在沉不住气了,决定亲自去侦察一番。由于羿曾经射死九个太阳,他的勇武人神尽知,怯懦的河伯不敢公然露面,只好化作一条白龙在河面上游来游去。

可是河伯化身成的这条白龙却惹来了祸端,他所到之处巨浪滔天,洪水泛滥，淹死了许多无辜的百姓。不过，聪明的羿还是认出了河伯，看着他偷偷摸摸的猥琐模样，完全没有一点水神的样子，羿便毫不客气地张弓射去，只听"嗖"的一声，正射中白龙的左眼。

可怜的河伯"赔了夫人又折兵"，只得哭哭啼啼地勉强睁着剩下的那只眼睛，跑到天帝面前去告状："天帝啊，羿欺人太甚了，请您为我做主啊！"

"你为什么被羿射瞎了一只眼睛？"天帝问。

"我……我嘛……"河伯吞吞吐吐地说，"当时我变成了一条白龙，到河面上巡视……"

其实，天帝对这些事情早已知道得一清二楚了。对于这个品性卑劣的水神，天帝也没有多少好感，因此不耐烦地打断了他的话："不用再说了，谁叫你不好好在水里待着，平白无故地变成一条龙，还害了那么多无辜的百姓！羿为民除害，又有什么罪过呢？"

河伯碰了钉子回来，免不了又和妻子争吵一番，发泄自己的怒气。这场争吵之后，大概洛神也觉得自己对不住瞎了一只眼睛的河伯。为了双方家庭的和睦，她流着眼泪告别了羿。洛神与羿的感情就这样戛然而止，再也没有后来的故事了。

西王母的不死药

　　羿回到家里,和他的妻子嫦娥重归于好,看上去恢复了平静的生活,但是感情上的裂痕还在。嫦娥本是天上的神女,就因为丈夫得罪了天帝,自己受到牵连,再也不能回到天界,自然心有不甘。最可怕的还不是无法回到天宫,而是将来会像凡人一样老去,再到地下的幽都去和黑色的鬼魂住在一起,过着愁云惨雾的生活。在嫦娥看来,这真是一件可耻的事情,他们原本是尊贵的天神,怎么能去与鬼魂同住呢?

　　可是死神的脚步一天天地走来,就连勇武的羿一想到这个也胆战心惊,慢慢地,他也能理解嫦娥的怨恨了。他对嫦娥说:"当年的确是我一时冲动,连累了你,现在我愿意尽我所能去弥补对你的过失。"可是他想来想去,也想不到什么好办法能解除死亡的威胁。

　　有一天,羿打猎回来,看到嫦娥的脸上露出难得的笑容。她奔向刚进门的羿，眼睛都笑开了花，说道："我听说，在昆仑山的西方有个叫西王母的神人，藏有不死之药。吃了药的人，就可以得到永生！"羿听了也十分激动，拍着胸脯向妻子保证："你放心，哪怕道路再艰险、再遥远，我也会立刻出发，去求这不死的灵药。"

后世的一些人照着字面意思理解，以为西王母一定是住在西方的一个年老又慈祥的娘娘。但其实，西王母是一个长着豹子尾巴和老虎牙齿的怪神，常常披着乱蓬蓬的头发，头上戴着一只玉胜，善于啸叫，掌管着灾祸、疾病和刑罚。谁也不知道西王母是男是女，因为"胜"虽然算是女人的首饰，但在野蛮时代，男人也一样可以戴。再加上传说中有三只青鸟轮流给西王母找吃的，"王母""玉胜"和"青鸟"都带有一丝女性的色彩，因此人们认为西王母是女性，实际上这些都是不能作为凭据的。

替西王母寻找食物的三只青鸟住在昆仑山西方的三危山，这山有三座峰峦，高耸入云。三只青鸟分别叫作大鵹（lí）、少鵹和青鸟，都长着青色的身子、红色的脑袋、黑色的眼睛，是力气很大、善于飞行的猛禽，而不是那种娇小玲珑的小鸟。它们从三危山展翅一飞，就能飞越千里，来到西王母常住的玉山岩洞上空。它们用锋利的爪子抓住空中和原野上各种能飞会跑的动物，再从高空中丢下去，这就是西王母的食物。西王母吃完了饭，地面上只剩下兽皮兽骨，一片狼藉，这时候就有一只三足神鸟一瘸一拐地走上前来收拾。这三脚鸟专门跟随在西王母身边做各种杂事。

有时，西王母高兴起来，就从洞穴里走出去，站在悬崖峭壁上，抬起头来朝着天空长啸，可怕而凄厉的声音响彻天地，鹰鸢们听到了，吓得在空中乱飞；老虎、豹子们听到了，吓得夹着尾巴逃窜。

怪神西王母掌管着灾祸、疾病和刑罚，这些都与人类的生命有关，他既可以夺取人的生命，也可以赐予人生命。所以人们都相信西王母藏有不死的灵药，只要吃了这药就可以长生。

西王母那里的确有不死之药。昆仑山上的那棵不死树上结有一种果子，吃了就可以长生不死。西王母的不死药就是用不死树上的果子炼制成的。不死树几千年一开花，几千年一结果，结的果子太少了，所以不死药异常珍贵，一旦用完了，可能就要再等上很久很久。

世上的人，有谁不想长生呢？那珍贵的不死药，又有谁不想拥有呢？但是西王母住的地方，却不是普通人所能到达的。他有时住在昆仑山顶的瑶池旁；有时住在昆仑山西边盛产美玉的玉山上；有时住在大地的最西边——太阳落山的崦嵫山上。他经常居无定处，要想找到他是相当麻烦的。单说这昆仑山吧，它的下面环绕着弱水的深渊，这弱水，一片羽毛掉在上面都会沉落，更不用说乘船载人了；昆仑山的外面，环绕着燃着熊熊大火的大山，大火昼夜不熄。没有人能够突破这弱水和火山的重围，所以始终没有一个人能得到这宝贵的不死药。

可是羿毕竟曾经是天神，他靠着顽强的意志，费尽九牛二虎之力，越过水火的包围，竟然真的爬到了昆仑山顶。他看见了有四丈之高、有五围之大的稻子，也看见了在那里守门的长着九个脑袋的开明兽。

凑巧的是，西王母现在正好就住在瑶池旁边的岩洞里，羿看到了西王母，上前拜了一拜，还没有来得及说明来意，西王母已经开口说话了："你就是羿啊！这些年来，你为天下苍生立下了很大的功劳，我视你为英雄。对于你的不幸遭遇，我十分同情。"可见羿的威名传遍了天南地北，连怪神西王母都对他充满了尊重。于是，西王母招了招手，让三足神鸟把那装有不死药的葫芦替他衔来。

三足神鸟从黑漆漆的岩洞深处衔来了葫芦，西王母接过葫芦，郑重地交给羿，说："这药足够你夫妇二人吃的了。如果你们一同吃下，都能长生不老；如果一个人全部吃了，还可以升天成神。"临别时，西王母更是殷切地叮嘱羿，"你一定要好好保存这不死药，因为就剩下这么多，除此之外再也没有了。"

羿没有想到一切这么顺利，他对西王母充满了感激之情，向他郑重致谢，才缓缓离去。

嫦娥奔月

羿告别了西王母，高高兴兴地把药带回家。一进家门，他就按捺不住内心的喜悦，大声地呼喊妻子："嫦娥，你快来看，这就是我历尽千辛万苦从西王母那里取来的神药啊！"接着，羿把西王母的话原原本本地向嫦娥重复了一遍。听到"如果一个人全部吃了，还可以升天成神"这句话，嫦娥心里一动，但是她没有表现出来，而是配合着羿，拍着手说："这是一桩大喜事啊！我看咱们今天先不要着急吃，还是选个良辰吉日一起吃下，你看如何？"羿喜气洋洋地看着嫦娥，想到能够与妻子在人间长生不老、长相厮守，他的心里涌起无限温情。

等夜深人静的时候，嫦娥就开始暗自思量：我本是天上的女神，如今被革除神籍，全是受了丈夫的连累，照理他该偿还我一个女神之位才是。既然灵药还能使人升天成神，我何不自私一点，一个人全部吃掉呢？当时丈夫不顾后果射杀九个太阳的时候，也并没有体恤过我啊！

就这样，嫦娥很快就说服了自己，打定主意，不再等什么良辰吉日，只要羿不在家，就把药偷偷吃下肚去。但是，她心里始终有一丝不安，不知这样做会不会惹下大祸，弄得不可收拾。为了谨慎起见，第二天她就悄悄溜出家门，去找一个名叫有黄的巫师替她占卜。

有黄住在王城附近一座小土山上的洞穴里。听说了嫦娥的来意，他从供奉神灵的壁龛里拿出一个黑色的乌龟壳和几十根枯黄的草来占卜。这龟壳据说是活了一千岁的神龟的外壳，枯草则是那千岁神龟守护过的蓍（shī）草。有黄用这种龟壳和神草来占卜，每次都很灵验。有黄跪在地上，把草放在龟壳里面，两只手握着龟壳摇来摇去，嘴里喃喃地念着咒语，然后把龟壳里的草撒在面前的一张矮石桌子上，用指头拨弄着它们。嫦娥在一边忐忑不安地观看着。终于，根据巫师的占卜，嫦娥得到了大吉的结果。

嫦娥听了巫师的话，松了一口气，终于下定了决心。那天晚上，趁着羿出门去了，嫦娥把葫芦里的药倒出来，全都吞下肚子。没过一会儿，嫦娥就觉得身子轻飘飘的，不由自主地往天空中飘去。她的脚脱离了地面，碰到了凳子，踩到了窗棂……接着，她从窗口飘了出去。在静谧、深邃的天空之上，有一轮明亮的月亮，周围点缀着零星的几颗星星。嫦娥就这样一直往天上飘去……

可是自己要去哪里呢？她思考着，不断调整着此行的目的地：假如到天宫，一定会被天上的众神耻笑，说她是背叛丈夫的妻子，而且假如丈夫设法找到天宫来，也很麻烦；看来只有到寂寞的月宫里去躲藏起来。主意已定，她就一直往月宫奔去。

关于嫦娥奔向月宫之后的传说,有两个版本,其中一个比较可怕,说她刚飞到月宫,还没来得及休息一下,就感觉到自己的身体发生着一系列的变化:她的脊梁骨不住地往里缩,肚子却不断膨胀,嘴巴和眼睛都变得很大,脖子和肩膀挤在一起,皮肤上长出一些铜钱一样的疙瘩。她吃惊地大叫,可是只能发出"呱呱"的奇怪声音;她想要狂奔求援,却只能蹲在地上上下跳跃。就这样,这位原本美妙绝伦的神女,因为自私,变成了丑陋的癞蛤蟆!不知道这时候,她有没有想起那个骗人的巫师的预言,有没有悔恨自己的所作所为。

另外一个版本则比较温和,但对于嫦娥来说也不是什么好的结局。她没有变成什么奇怪的生物,但是月宫里异常冷清,里面只有一只终年在那里捣药的兔子和一株桂树。直到许多年以后才多了一个被罚到月宫里来砍桂树的吴刚。吴刚在月宫里砍了千万年的桂树,永远也砍不倒它,可见月宫其实是一个惩罚罪人的地方。

嫦娥住在这样的清冷之地,感到心灰意冷,寂寞难耐。她开始回想起家庭的乐趣和丈夫给予自己的温暖,感到刻骨铭心的悔恨。如果自己不这么自私,就可以与丈夫一起在世上过着无忧无虑的长生不老的日子。人间有潺潺的流水、巍峨的高山,还有青青的草地和开得鲜艳的花朵,比月宫不知道好上多少倍!就算平时有一些小烦恼,也是生活中的点缀,更多的还是幸福快乐的日子啊!她真的很想回到人间,请求丈夫的原谅,得到和先前一样的爱护,但她也只能想想罢了。从此,她就永永远远地住在月宫里,再也下不来了。"嫦娥应悔偷灵药,碧海青天夜夜心",这是诗人对她的怜悯和嘲讽。从此,无穷无尽的寂寞就像是一种严酷的刑罚,时刻提醒着她对丈夫的背叛。

　　再说那天晚上，羿从外面回来，发觉妻子不见了，地上扔着一个空空的葫芦。羿立刻明白了一切，愤怒、失望和悲哀一齐涌上他的心头，他颤抖着嘴唇，怔怔地望着窗外。回想他的一生，作为英雄的荣耀、被惩罚的不甘、对死亡的恐惧和被妻子欺骗的痛苦交织在一起，就在这星月交辉的时刻，给了他重重的一击。

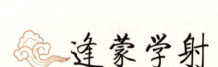

逢蒙学射

嫦娥的独自飞升是对羿的欺骗和背叛,也像是最后一根稻草,完全改变了羿的性格。他想:自己在天庭遭遇了不公,在人间遭遇了欺骗,那么就算到了地狱恐怕也不会比这些更可怕了。从此,他心灰意冷,每天浑浑噩噩地过日子,甚至一心盼望着死亡的到来。活在世上对他来说简直是一种煎熬,他再也不想追求长生了,只想用打猎和游荡来度过余生。

羿的脾气越来越坏,稍微遇到一点不如意就大发雷霆。他身边的人经常莫名其妙地就被他训斥一通,虽然大家也都理解羿心里的苦痛,但久而久之还是逐渐疏远了他。在羿的家丁里,一些人实在忍受不了那疯狂的责骂和皮鞭的抽打,偷偷地逃走了;一些人虽然没有逃走,但也免不了在背地里抱怨一番。慢慢地,羿发觉连自己的家丁都对他有二心,他更加伤心、愤怒了,就这样恶性循环,羿的坏脾气一发不可收拾。

在羿的家丁中，有一个人名叫逢蒙，很机灵也很勇敢，很讨羿的喜欢。逢蒙找了个机会，跟羿提出想学他那无双的箭法，羿满口答应了。但是羿并不立刻教他怎么张弓射箭，而是对他说："你想学射箭，就先要学会不眨眼睛，练成了再来找我。"

逢蒙回到家里，就成天躺在他妻子的织布机下面，脸朝上看着织布机的脚踏子，就算感觉到脚踏子快要撞到自己，还是努力保持眼睛不动。这样过了一段时间，就算是有人拿锥子去扎他的眼睛，他也能保持眼睛一眨不眨。

逢蒙觉得自己练成了，高高兴兴地去找羿，满以为这下可以开始正式的训练了。羿却说："这还不够。接着你要学会把极小的东西看得极大，把不显眼的东西看得显眼，练成了再来找我。"

逢蒙回去之后，东翻西找，找来一根牦牛尾巴上的毛，又捉了一只虱子拴在毛上，把它挂在南面窗子的下面，每天练习看虱子。十多天以后，他觉得虱子慢慢地变大了。又过了很长一段时间，在他的眼里，那虱子就像车轮一般大，再看其他的东西，简直都成了大山、小山一般大了。

于是逢蒙又高高兴兴地去找羿，这回羿也高兴起来，对他说："你现在可以学射箭了！"于是，羿把所有的本领毫无保留地传授给了逢蒙。逢蒙也很珍惜这来之不易的机会，每天都辛苦练习，风雨无阻，经过几年时间，逢蒙的箭法天下闻名，简直和羿不相上下了。

作为老师，羿很高兴自己教出了这样一个本领高强的学生，但是逢蒙心胸狭窄，只想做天下第一，现在他觉得自己的箭法已经很高明了，就跃跃欲试，时刻都想知道自己是不是已经超过了羿。

有一回，羿半开玩笑地对逢蒙说："现在你的箭法也很厉害了，不如我们来比试比试，怎么样？"逢蒙心里暗喜，憋了一股劲，想要胜过老师。这时，天空中飞来一行大雁，羿叫逢蒙先射，逢蒙使出毕生所学，连发三箭，只听"嗖、嗖、嗖"三声，为首的三只大雁应声而落。逢蒙跑过去捡起大雁给羿看，只见三支箭都正中大雁的头部。逢蒙心里很得意，却努力掩饰着，一言不发地立在一边。

这时雁群已经受惊，向各个方向四散乱飞，羿很随意地向它们射了三箭，也有三只大雁从空中掉落。逢蒙再次跑去拾起来一看，三支箭也都射中了大雁的头部。

逢蒙顿时被老师的技艺震惊了，他赶紧收起心中的得意向老师连连鞠躬。同时，他在内心深处知道自己无论如何也比不上羿了，嫉恨在他的心里生根发芽，虽然他表面上仍然对羿毕恭毕敬，但其实他已经把羿看成眼中钉、肉中刺，一心想把羿除去，好让自己成为真正的天下第一。

羿遭暗算

一天下午，羿打猎之后骑着马往家里飞驰，快要到家的时候速度就渐渐慢了下来，突然他见对面树林边上有个人影一闪而过，接着一道寒光闪过，原来是一支冷箭飞来。羿眼明手快，立刻拈弓搭箭，在奔跑着的马上一箭射去，只见他的白羽箭与那道寒光相遇，听得"啪"的一声，箭尖正中箭尖，在空中闪出几点火花，两支箭向上挤成一个"人"字，双双落在了地上。第一支箭刚刚相触，对方立刻射了第二支箭，羿也跟着射出第二支箭，两支箭同样在半空中相遇。这样一连射了九支箭，羿一摸箭囊，心里暗叫"不好"，箭囊里的箭全部用尽了。他定睛看去，发现逢蒙正得意扬扬地站在对面，弓弦上搭着一支箭，箭尖正瞄准自己的咽喉。

羿再也拿不出羽箭来与之对抗，逢蒙的箭如流星一般，径直飞向羿的咽喉。只见羿突然把身子一低，那箭正中羿的嘴巴。羿中了箭，一个筋斗翻下马去，一动不动了。羿的马突然直立起来嘶鸣了一声，也站住不动了。

逢蒙眼见羿就这样死在自己的箭下，才面带微笑、傲慢地踱步过来。他想仔细看看羿这个大英雄死掉的样子，却见羿突然怒目圆睁，一个鲤鱼打挺坐了起来。逢蒙顿时大惊失色，哆哆嗦嗦地问："师父，这是怎么回事？您不是被箭射死了吗？"

"你真是白跟我学了这么久。"羿吐出箭，嘲笑着逢蒙，"难道连我的'啮镞法'都不知道吗？"羿上上下下打量着逢蒙，接着说，"你这怎么能行，还得好好地练习啊！"

"师父，请您饶了我……"逢蒙脸色刷白，立即丢了弓，跪在地上，双手抱住羿的腿，哑着嗓子哭泣道，"请您饶了我吧……"

"去吧，只是以后别再这么下作了。"羿鄙夷地挥了挥手，便跨上马，径自走了，甚至都不愿意回头再看一眼自己手把手教出来的徒弟。

羿心里不屑于跟逢蒙计较，而且凭着自己过人的武艺，他也根本不把逢蒙放在眼里。因此，他对待逢蒙还是和往常一样，时常带着他出去打猎。

而逢蒙经过这次失败，把自己的心思埋藏得更深了，他一边更加谨慎地寻求最佳的机会，一边在羿的面前表现得越发老实。羿被他的表面所蒙骗，相信他已经改过自新，不会再向自己下毒手了。有一天，羿突然发觉逢蒙总是带着一根非常结实的桃木大棍子，就好奇地问道："这根棍子是用来做什么的？"逢蒙恭敬地回答："这棍子既可以用来近距离与野兽搏斗，又可以横过来在两头挑上猎物，一物两用，十分方便。"羿见他这棍子使用起来确实很顺手，就没有把这件事放在心上。

一天，羿打猎回来，见天上正好飞过一群大雁，羿又来了兴致，立马弯弓,仰天射雁,第一支箭飞去,一只大雁就被射中,直直地坠落下来。羿举起弓正要射出第二支箭,原本弓着腰在他身旁收拾猎物的逢蒙忽然直起身来,抓起身旁的桃木大棍,对准羿的头顶,狠狠地击打下去。听到木棍带动的风声,羿想要闪身躲避,却已经来不及了。那桃木大棍就像泰山压顶似的,挟带着凌厉的杀气,一棍正中羿的后脑勺,鲜红的血液慢慢地从伤口处涌出,羿的两手无力地垂下,手里的弓和箭也掉落在地上。他稍稍回过头望着逢蒙这个卑鄙小人,眼神中带着愤恨和轻蔑,似乎也有着一种终于解脱的释然。接着,羿缓缓地闭上眼睛,告别了这个给他带来无数荣耀和痛苦的世界。

羿虽然死了,但是百姓们却在心里永远记着他的功德,后来就奉他做了宗布神。宗布神有点像是鬼的首领,职务是统辖天下万鬼,叫那邪恶的鬼魅不敢害人,与后世传说中的尺郭和钟馗(kuí)有点相似。由于羿是被桃木大棒杀死的,所以后来天下万鬼都害怕桃木。

尺郭的传说

尺郭身高七丈，腰围也是七丈，是东南方的一个勇猛的巨人，他那硕大的脑袋上戴着"鸡父魌(qī)头"的帽子。"鸡父"是雄鸡形状的帽子，上面装饰着鲜红的顶冠和彩色的翎毛，戴着它让人显得特别威武。孔子的弟子子路是一个勇武超凡的人，他就喜欢戴着这样的帽子出门。魌头则是一个大头面具，看上去也很威风。

尺郭穿着鲜红色的衣服，七丈粗的腰间拴着白色的衣带。他平坦光滑的额头上缠绕着一条红蛇，蛇尾和蛇头衔接起来形成一个环形。尺郭不吃别的，饿了就吃鬼怪，渴了就喝露水。人们说，尺郭早晨吞下恶鬼三千，晚上食用恶鬼三百，所以又把他叫作"食邪"或者"吞邪鬼""黄父鬼"。

钟馗的传说

在民间传说中有一个叫钟馗的捉鬼高手，据说有一次唐明皇染上了恶性疟疾，打着寒噤、发着高烧，只觉得整个人像在大海上沉沉浮浮。就在半睡半醒之中，唐明皇看见有个小鬼向自己扑过来，抢走了他身上的玉笛，还顺手摸走了他腰上挂着的杨贵妃的紫香囊。那小鬼穿着短衫短裤，一只脚上套着袜子，另一只脚光着，不停飞奔。就在这时，突然有一个大鬼跑出来，一把捉住那个小鬼。还没等小鬼呼救，大鬼就一手挖了它的眼睛，并吞到了肚子里。

这大鬼头戴黑色帽子，身穿蓝袍，脚上蹬着一双皂色的短筒靴，露着两只胳膊。唐明皇忍不住问："你究竟是什么人？"大鬼向他鞠了一躬，回答道："启禀陛下，我是钟馗，当年因为没有考取武举而自杀。我已立下誓愿，要替陛下扫清天下的妖孽！"就在这时，唐明皇猛然醒来，发现自己的病居然一下子就好了。后来，他把这个怪梦告诉给著名画家吴道子。吴道子拿起笔把唐明皇梦中的景象生动地画了出来，这就是后世流传的《钟馗捉鬼图》。后来天下的百姓也都在每年年底画了钟馗捉鬼的图像挂在屋子里，用来驱妖辟邪。

鲧窃息壤

　　尧真是一位不幸的君王，在羿射九日解决了大旱的问题之后不久，又发生了一次特大洪水，前后长达二十二年。当时全国洪水泛滥成灾，一片汪洋，黄河像头咆哮的狮子冲垮了河堤，淹没了土地和房屋，牛、猪、羊等牲畜也被大水冲得无影无踪。没有了家园，人们只好爬到高山上搭建居住的场所；没有了粮食，人们只好摘取树上的果子充饥，可是饥不择食的飞鸟走兽也来和人们争抢那仅有的一点果子。在饥饿、寒冷及毒蛇猛兽的袭击下，百姓的日子苦不堪言。

　　尧是一位爱护百姓的君主，当他了解到灾情后，心急如焚，坐立不安。他因想着百姓能不能吃饱而食不知味，因担心百姓能不能安睡而彻夜难眠。他常常祈求上天，宁愿付出一切，都不要再发洪水，使百姓的生活处于水深火热之中。他自己想来想去，实在想不出什么好办法，就召集了四方的部落首领来开会,征求他们的意见。

尧坐在宝座上,严肃地对这些首领说:"今天召集大家来只为一个目的。如今洪水泛滥,田地被淹没,五谷不收,民不安居,国家处在危难之中。你们之中有谁能去治理洪水,解除人民的痛苦呢?"

其中一个首领答道:"眼下有一个人可以担当此任。"

"谁?"尧急切地问道。

"就是黄帝的孙子——鲧(gǔn)!"

"我也认为鲧是最佳人选。"另一个首领表示赞同。

尧听后却不同意,摇着头说:"这个人刚愎自用,不能虚心听取别人的意见,在族里的名声很不好,恐怕不适合担当治水的重任。"

"可是,眼下也找不到第二个人选了,不如让鲧去试试。现在平息水患的事最要紧,不去试怎么知道他不行呢?"

就这样,这些部落的首领都同意让鲧去试试,尧考虑到当时也找不出比鲧更合适的人选,只好点头说:"那就让他去试试吧。"

于是,尧传令下去,让鲧来觐见。鲧听了尧派给他的任务,信心满满地发誓道:"这次我一定不辜负您对我的期望,把这场洪水平息!"

接受任务后,鲧很快就到全国各地视察水情,他选择用泥土筑造堤坝来阻挡洪水,可是这种办法只能有一时的效果,等下暴雨的时候,河床抬高,堤坝立刻就不管用了。就这样经过了九年时间,鲧没有取得成效,百姓对他也有了成见,面对自己当年发过的誓,鲧也发了愁。

一天,他坐在河边的石头上想着如何对付洪水,一副愁眉苦脸的样子。这时有一只猫头鹰和一只乌龟经过。它们问鲧为什么闷闷不乐,鲧就把自己的烦忧告诉了它们。

"想要平息洪水，并不是难事啊。"猫头鹰和乌龟齐声说。

"是吗，可是我该怎么做呢？"鲧着急地问。

"你知道天庭里有一种叫作'息壤'的宝物吗？"乌龟问。

鲧说："我听说过，却不知道那究竟是什么样的宝物。"

于是，乌龟告诉鲧：息壤是一种生长不息的土壤，看上去不大，但只要弄一点来撒向土地，马上就会迅速生长、变多，接着就会积成山、堆成堤，用它来围堵洪水，洪水很快就会消停了。

鲧听了，眼前一亮，连忙问："那你们知道这宝物藏在哪里吗？"

乌龟摇着头说："这是天帝，也就是你的祖父黄帝的至宝，它藏放的地方，我们哪能知道！天帝是不会轻易把宝物交付他人的，难道你要把它偷出来吗？"

"是的，我只能去把它偷出来。"鲧沉思着说。

猫头鹰担心地问道："万一事情败露，你不害怕天帝严酷的刑罚吗？"

鲧一脸正义地说："只要能平息这场洪水，解除百姓的困苦，就是上刀山、下火海，我也愿意！"

于是，鲧偷偷打听息壤的存放之处，等消息掌握得差不多了，他找到一次机会，在酒宴上灌醉了天帝，偷得了天帝随身携带的宝库钥匙，终于得到了息壤。鲧马上把息壤投到各个地方。这东西果然很神奇，只要丢下去一点，大地上立马积山成堤，叫汹涌的洪水无法逞凶。终于，这场特大洪水得到了非常有效的控制，田地慢慢显露出来，五谷又开始生长，居住在高山上的百姓纷纷走出来重建家园，他们都非常感激鲧这位大神。

可是，很不幸，鲧盗取息壤的事还是被天帝知道了。原来，人间滔天的洪水，本来就是天帝降下的惩罚。因为许多人作恶多端，惹恼了天帝，天帝始终不愿意饶恕他们。现在，鲧居然无视自己的旨意，偷取天庭的宝物，天帝自然愤怒不已。于是，天帝派火神祝融下到凡间，在羽山这个地方把鲧杀害了，夺回了剩下的息壤。

羽山在北极之阴，是人类魂灵的归宿地，那里终年不见太阳，无比遥远、荒凉，就是在那里，鲧像希腊神话中盗取天火的普罗米修斯一样，为人类的幸福做出了巨大的牺牲。

鲧平息洪水的事业眼看就要成功了，可这时息壤却被天帝夺回，自己的使命没有完成，洪水又一次泛滥起来，百姓的生活再次陷入困苦中。面对这样的情景，他怎么能够安息呢？怀着对治水事业的坚定信念，鲧的精魂始终没有死去，他的尸体也在这一执念的支撑下，三年都没有腐烂。后来，这件奇事被天帝知道了，天帝怕他将来会变成什么精怪，惹出麻烦，便派了一个天神去处理这件事。

这位天神奉命行事，带着一把叫作"吴刀"的宝刀到了羽山，用宝刀剖开了鲧的尸体，满以为这样就可以使鲧不再作怪。然而，令所有人都没有想到的是，一条虬龙忽然从鲧的肚子里蹿出来，它头上长着一对角，在地上盘旋了一阵后就"哗"的一下飞上了天空。与此同时，鲧的尸体也化作了一条黄龙，飞进了羽山旁边的深渊里。而那条飞上天空的神奇的虬龙就是鲧的儿子——禹。

大禹治水

鲧因偷息壤惹怒了天帝，被天帝派去的火神祝融杀害，可他的精神并没有消亡，还生出了禹这个儿子。转眼间，禹长大成人了，这时尧也退位了，把君主之位禅让给了舜。

舜知道禹的雄心壮志，也了解禹为人谦逊有礼，做事认认真真，生活也非常简朴。舜并没有因他是治水失败的鲧的儿子而轻视他，并且很快就把治水的大任交给了他，希望他能完成他父亲的遗愿。

在去治水之前，禹来到父亲被杀死的地方——羽山。

"父亲，您的遗愿，我一定会去完成。您就安息吧，儿子一定给您争光，把洪水平息。"说完，禹头也不回地走了。

禹要去治水这件事很快被天帝知道了。起初，天帝很生气，想要除掉他，可是转念一想，自己杀死了鲧就生出了一个禹，这事实在太蹊跷，万一把禹杀死,又会有新的生命诞生,与自己作对,又该怎么办呢?而且,慢慢平静下来的天帝也渐渐领悟到,用洪水来惩罚人民是不对的。于是,在禹恳求天帝将息壤给他的时候,天帝马上答应了他的请求,不仅如此,还派应龙去给禹帮忙。

应龙是一种有翅膀的龙,在黄帝和蚩尤的战争中立下汗马功劳。然而,由于在战争中耗尽了神力,并且受到了邪气的侵袭,它再也无力振翅飞回天庭,就悄然来到南方的水泽里隐居起来。应龙在人间整日无所事事,现在终于接到了天帝的命令,它无比兴奋,终于到了可以继续施展才华的时候了。

于是,禹带了应龙和其他大大小小的龙到全国各地去治水。和父亲鲧的方法不同的是,大禹采用疏导河流的方法。他用应龙的尾巴扫地,一遍遍地疏导黄河的主流,其余的龙纷纷学着应龙的样子,用尾巴疏导支流。被疏导之后,黄河"温顺"了很多,不再泛滥,可是这样一来却惹恼了水神共工。

共工性情凶狠,傲慢无礼,在他眼里禹只是个乳臭未干的小孩,凭什么一下子就能把洪水治好?再说,洪水本就是天帝让他降下来惩罚人类的,这正是他大显神通的好机会,如今他还有好多手段没有施展,就要停手了。共工想到这里,很不服气,他一定要显出自己的本领,让禹这个黄口小儿见识见识!于是,他再次施展神力,呼风唤雨,让黄河再次泛滥起来。

大禹见共工这样蛮横无情,实在忍无可忍,思来想去,除了用武力来解决,别无他法。于是,禹决定与共工一战。禹拿定了主意,就在浙江绍兴的会稽山下会集天下群神,商讨如何对付共工。很快,大家都陆续赶到了,准备参加隆重的仪式。禹环顾四周，发现少了一个防风氏，直到仪式举行到一半，防风氏才风尘仆仆地赶来。

禹很生气地质问防风氏："大家都及时赶来了，你为什么迟到？"

防风氏忙不迭地解释道："我接到通知后就赶紧动身了，不料路上遇到了一条大蛇，好不容易甩掉了蛇，又遇到水急浪高的河流，所以来迟了。"

"你离会稽山最近，却最后一个到。你居功自傲，目无纪律，以后还怎么跟我治水？"大禹听了防风氏的种种借口，大发雷霆，怪他不服从命令，就把他杀掉了。

在会合天下群神之后，禹带领着大家与共工开战。共工由于四处作恶，早就声名狼藉，百姓们听说大禹要赶走共工，也纷纷自告奋勇地前来参战。共工寡不敌众，渐渐体力不支，败下阵来，仓皇而逃。禹仍然不放过他，对他穷追不舍。

共工眼看自己在劫难逃，便向禹下跪道："禹，你这样善良，请求你放我一回，我发誓再也不发水作恶了！如果誓言不兑现，恳请你让天帝杀了我。"禹听了这话，心一软，就放走了共工。

赶跑了共工之后，禹一鼓作气，接着进行治水的工作。他叫一只黑乌龟把息壤背在背上，跟在他的后面行走，渐渐地，沟壑被填平了，土地被加高了，成为我们今天四方的名山；他又叫应龙走在前面，拿它的尾巴疏导江河，应龙的尾巴经过的地方，禹就开凿成河川，成为我们今天的大江大河。

一天，禹正站在河堤上观察水势，忽然看见一个长着人脸、鱼身子的怪物从翻腾的水波里跳出来。怪物对禹大声喊道："喂，年轻人！你就是禹吗？"

禹没有见过这样的人脸鱼身的怪物，心里纳闷：这个怪物居然认识我？

"是啊，我是禹，请问您是哪方的神仙？"禹回答说。

"我是河伯。我知道你要到黄河边来，就在这等你。我的心血和治水的办法都在这块石头上，现在就传授给你吧。"

于是，河伯给了禹一块还在滴着水的大青石头，禹接过那块石头仔细看了看，只见上面有着一些弯弯曲曲的花纹。聪明的禹一看就全都明白了：这块石头是一幅治水的地图，把整个黄河的水情画得一清二楚。禹高兴极了，他正要谢谢河伯，一抬头却发现河伯早已没了踪影。禹得到了黄河的地图，就更加有信心了。

禹治水时不但得到了地图，还得到了另外一件宝物，就是玉简。在开凿龙门山的时候，有一天，禹走进一个大岩洞里，岩洞很深，越走越黑，他就点起火把。走着走着，禹忽然看见前面有一个东西在闪闪发光，走近一看，原来是一条大黑蛇，约有十丈长，头上长着角，嘴里衔了一颗夜明珠。

禹起初有点害怕，那黑蛇看出禹的紧张，就对禹说："你不要怕，我在这里住了很多年了，熟悉地形，可以给你带路。"禹听后就丢了火把，跟着大黑蛇走。走了好一会儿，到了一个光明开阔的地方，像是一座殿堂，只见正中端坐着一个人脸蛇身的神，身边簇拥着一帮穿黑衣服的人。禹一看这神的模样，心里就明白了八九分，便试探地问他："请问，您是华胥氏的儿子伏羲吗？"

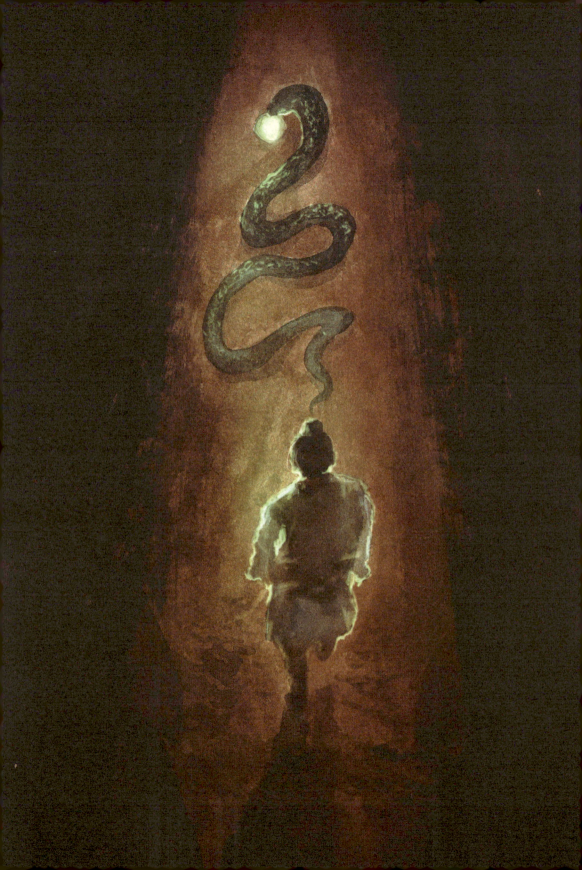

"是的,我就是那九河神女华胥氏的儿子伏羲啊!"人脸蛇身的神微笑着说,"你既然知道我的名字,那你知道我为何招你来这里吗?"

禹一脸茫然地摇了摇头。

伏羲说:"你治水已到龙门山,龙门山的地势如何,离下游有多远,距水面有多高,你知道吗?"

禹说:"只知道个大概,但无法精细地测量。"

伏羲早年深受洪水之苦,对于大禹所做的这项工作表示理解和钦佩,愿意尽他的力量来帮忙。于是,伏羲从怀里掏出一支玉简交给禹。他告诉禹,这东西可以用来丈量大地,非常有用。禹小心翼翼地捧着玉简说:"非常感谢您将宝物赐给我,等我治水成功,定来拜谢您!"接着,禹就把玉简藏在衣服里,匆忙上路了。在禹后来的工作中,这支玉简果然起到了非常重要的作用。

治理洪水是关乎到国家生计的大事,所以无论是黎民百姓还是各方神仙都来帮助大禹,其中有个叫伯益的天神功劳最大。伯益是天上的神鸟燕子的后代,他常常带着众人,点着火把,把山林中因洪水而长得过于茂盛的草木焚烧掉,使吃人的毒蛇猛兽无处藏身。由于他懂得各种鸟兽的性情和语言,治水成功以后,舜便把驯服鸟兽一职交给了他,许多飞禽走兽都被他管教得服服帖帖的。舜非常喜欢他,就把自己宗族里一个姓姚的姑娘嫁给了他,又赐他姓嬴,相传他就是后来的秦国王族的祖先。

巨人防风氏

在会稽山被禹处死的防风氏因为骄傲自大、不守约束，白白丢了性命。他是一位身材高大的天神，身高三丈多，也就是十米多高。因为他实在是太高了，就算选出最高的刽子手也够不到他的脖子，于是，禹命人筑起一道高高的堤坝，找来最健壮的大力士，又专门打造了一把沉重锋利的大刀。在行刑时，防风氏站在堤坝下，大力士站在堤坝上，这才把他那颗比牦牛头还要大的头颅砍了下来。

据说，过了一两千年，在春秋时候，吴王夫差攻打越国，一直把越王勾践赶到了会稽山。战争进行得异常激烈，连山体都被毁坏了，露出一块骨头来。那骨头之大，需用整部车子才能装下。夫差对此十分好奇，听说孔子博闻多识，就去请教他。孔子胸有成竹，给大家讲了防风氏的故事，人们才知道这就是防风氏的骨头。

鲤鱼跳龙门

那日禹拿着伏羲赐给他的玉简走出山洞，望见眼前的龙门山巍峨高大，山峦险峻，和吕梁山连在一起，将黄河堵在这里，河水四处横溢，汪洋一片。于是，禹带领众神，不顾严冬酷暑，冒着狂风暴雨，不分昼夜地劈山凿岭，终于把龙门山劈开，一分为二，就像两扇门分别立在黄河的东西两岸，这个地方从此就被叫作"龙门"。

据说，在龙门的附近有一条洞，洞里生长了众多的鲤鱼，这些鲤鱼每到一个特定的时间就从洞穴里游出来，集合在龙门山的山崖下面，举行跳高比赛。有本事的鲤鱼跳过去就会变成龙，跳不过的便只好灰溜溜地回去继续做鱼。这就是今天我们家喻户晓的成语"鲤鱼跳龙门"的由来。

桐柏山的水怪

　　在治水时，禹曾三次到淮河的源头桐柏山，可是那里总是刮风打雷，暴雨连连，恶劣的气候使治水工程无法顺利开展。禹知道一定是妖物作怪，便召集群神，叫他们想办法除妖。有些神觉得自己之前已经立了大功，开始骄傲起来，这时不愿意再出力，禹就把他们统统关进了监狱。其余的神看到这般情景十分害怕，这才肯出全力，于是大家一起擒获了桐柏山的水怪。

　　这水怪叫无支祁，长得像猿猴，有着白色的脑袋、青色的身子，眼睛闪耀出金光，脖子有百尺长。他的力量非常大，身手又很灵活，被捕获之后还在那里乱蹦乱跳。禹拿他没有办法，便叫天神童律去制伏他，童律制伏不住，又叫乌木由去，乌木由也不行，最后喊了庚辰来。庚辰制伏这个水怪的时候，各种山妖水怪聚集起来奔走号叫。庚辰拿一把大戟(jǐ)把水怪的这些帮手全部赶走，水怪才被降伏。接着，庚辰用大铁锁锁住水怪的脖子，给他的鼻孔穿上金铃，将他压在龟山脚下。没了水怪，淮河水平静了许多，不再泛滥成灾了。

涂山女娇

  禹因为忙着治水,直到三十岁还没有结婚,这在当时已经算是很大年纪的单身汉了。有一天,他来到涂山,自言自语地说:"我的年龄已经不小了,也应该有一个家庭了吧?"话音未落,他的面前就出现了一只长着九条尾巴的白狐狸,向他讨好似的摇着毛茸茸的尾巴。禹一看到这九尾白狐,就不禁想起涂山当地流传的一首民间歌谣:"谁见了长着九条尾巴的白狐狸,谁就可以做国王;谁娶了涂山的姑娘,谁就可以家道兴旺。"

  禹想到这里,愣了愣:这狐狸在这里出现,莫非意味着我就要在这里娶妻成家了?

  当时涂山有个姑娘名叫女娇,生得非常漂亮,善良贤惠。她听说禹的事迹后就仰慕起这位治水的大英雄来。一天,在使女的陪同下,女娇偷偷跑到禹治水的地方,想看看这位大英雄是怎么工作的。恰好这时禹在休息，正在四处张望之时，忽然看到一位美丽的姑娘，皮肤白皙，身材修长，明眸皓齿，如同仙女一般。禹看得愣住了，心想：这不正是我想要找的妻子吗？

女娇被禹看得不好意思，满面绯红，就低下头走了。临走前，她的使女对禹笑道："您若是对我家小姐有意，就速来家里提亲吧！"

就这样，禹对女娇一见钟情，想娶她做妻子。女娇姑娘见到这位人人称赞的大英雄的风姿，也自然而然地对他产生了爱慕之情。可是治水的工作非常紧迫，禹还来不及向她求婚，就要到南方巡视灾情去了。两人依依不舍地分开了。禹走后，女娇时刻盼望着禹的归来，就打发使女每天到涂山的南麓张望。哪知一个月过去了，两个月过去了，始终等不到禹回来的消息。女娇心里烦闷，焦躁不安，便作了一首歌唱道："等候人啊，多么长久哟！……"据说这就是南方最早的诗歌了。

终于，巡视灾情的禹回来了，女娇的使女在涂山的南麓迎接着禹："您终于回来了，我家小姐每天可都在盼着您的归来，茶不思饭不想的，人都瘦了好几圈！"

禹知道了女娇对他的思念，心里十分感动，其实他在外地也每天思念着这位心爱的姑娘。于是，两人没有经过繁复的仪式和典礼，就在台桑这个地方简简单单地结了婚。

可是再美丽的姑娘也拴不住禹那颗渴望平息水患的心。果然，婚后的第四天，禹就要告别新婚的娇妻，踏上治水的征程。临行前，女娇央求丈夫带上自己，却被禹拒绝了。禹说："我这一去路上很辛苦，你跟着我就是遭罪。你安心待在家里，我很快就会回来的。"

可是这次女娇再无法承受那蚀骨般的思念，为了追随禹，她搬到了离禹不远的地方。然而那里远离家乡和亲人，女娇住不习惯，又时常思念家乡。禹知道她的心思，想尽办法安慰她，叫人在城南替她建了一座高台，让她在寂寞的时候登高望远，看看那远在几千里以外的家乡。但即便这样，时间一久，女娇还是觉得日子过得太凄苦了。有一次丈夫回家后，她坚决要求跟他搬到一起，同吃同住，这样也能照顾丈夫的饮食起居。看着温柔又楚楚可怜的妻子，禹心里一软，只好同意了。

一天，他们来到了轘（huán）辕山，这座山山势险峻，山路弯弯曲曲。为了早日打通这座山，把洪水引向大海，禹不得不卷着一床席子，带上衣物，吃住都在工地。临走前，禹与妻子约定，为了赶时间，他在工地上设一只大鼓，肚子饿了就把鼓敲响，妻子只要听见鼓声就可以来送饭。

可是意外的事情发生了。由于这次的治水工作实在艰难，禹没有更好的办法，只好摇身一变化作一只大黑熊，借着大黑熊的蛮力，用爪子扒、用嘴拱，拼命地开凿山路。一天，禹在工作中不慎踢飞了一块山石，石头砸中了那只鼓，发出"咚"的一声巨响。女娇听到鼓声，以为丈夫饿了，就连忙带着食物来到了工地，却发现工地上并没有禹的身影。女娇抬头张望，看见不远处的峭壁上有一只丑陋的大黑熊正专注地工作着。女娇惊叫一声，赶紧扔下手中的食物，慌乱又惊恐地奔逃而去。禹听到妻子的惊叫声才反应过来，赶紧追了上去，一边追一边喊："女娇，别跑，我是禹！是你的丈夫啊！"

慌忙中，禹居然忘了恢复自己的本来面目。于是他越追，女娇心里越害怕，越不敢停留。就这样，女娇耗尽了力气，跑到了嵩山之下，再也跑不

动了,就化成了一块大石。

　　禹见石头再也不理他,又想到妻子已经怀有身孕,心急如焚,便向石头大叫道:"那你把我的孩子给我吧!"话音刚落,石头便向北方破裂开,随着一声响亮的啼哭声,一个男婴降临人世。禹爱怜地抱起儿子,无可奈何地看了最后一眼已经化作石头的妻子,步伐沉重地离开了。由于禹的儿子是启石而生,禹便给他取名叫"启",他就是从禹那里继承了中国第一个奴隶制王朝夏王朝的夏启。

禹游九州

在平息水患的过程中，大禹曾游历了九州的山山水水，见过不少的奇人奇事。

往东走，大禹到过扶桑，那里靠海边，是太阳出来的地方；又到过九津和青羌之野，那里沐浴着一片灿烂的旭日光辉；还到过攒树所，那里有着上万棵郁郁葱葱的大树，直直地指向天空；还有扪天山，人们爬上山峰顶端，伸手便能摸到天；又到过黑齿国，那里的人的牙齿都是黑色的；他还去过鸟谷乡和青丘乡，青丘乡就是盛产九尾狐的地方。

往南走，禹到过交趾（zhǐ），就是现在的越南，那里盛产榴莲和芒果；又到过丹栗、漆树、沸水漂漂、九阳之山，这几个地方气候极其炎热，没有春、秋、冬季，只有夏季，一年到头太阳火辣辣地烤着大地；又到过羽民国、裸民国、不死国，羽民国的人都长着一对翅膀，像鸟儿一样，裸民国，顾名思义,那里的人都浑身赤裸,到了裸民国,为了尊重这里的风俗习惯,禹也脱去衣服,赤着身子进入国境,离开时才穿上衣服。

往西走,禹到过三危山,那里是王母娘娘的三只青鸟居住的地方;又到过积金山,这里的山上堆满了黄澄澄的金子;又到过巫山,那里的峡谷狭窄,山高林密,气候潮湿,整天雾蒙蒙的,相传是炎帝的小女儿瑶姬的精魂在那里兴云降雨;又到过奇肱国和一臂三面国;他甚至到过不吃别的东西,单喝露水、吃空气就可以过日子的"世外桃源"。

往北走,禹到过人正国、犬戎国、夸父国、积水山和积石山;又到过夏海和衡山,都在荒远的最北端,那里非常寒冷,终年被冰雪覆盖;还去见过那人面鸟身的北海海神兼风神禺强。

禹在北海见过风神禺强,准备回南方来,不料在荒原上迷了路,他走呀走,渐渐觉得风景不同寻常:一座长长的光秃秃的山冈挡在眼前,山冈上寸草不生,自然更没有飞鸟和走兽了。禹觉得奇怪,决定爬上山冈去看个究竟。

原来这座山的另一面非常平坦,山脚下光秃秃的,什么都没有,只有一些弯弯曲曲的溪流,像蛛网一样。这里的男男女女、老老少少都在水流旁边,有的唱歌,有的跳舞,也有的用两手去捧了小溪里的水来喝。禹看见有个男人在溪流里连喝了几口,就歪歪倒倒地往地上一躺,很快就睡得像死人一般。旁边的人们还是继续唱歌跳舞,谁也不去管那醉汉。

"咦,这是怎么回事?"好奇的禹走下山冈,想一探究竟,于是就找了个白胡子的老爷爷问道,"老伯,请问你们这里是哪个国家啊?"

"我们是终北国。"老爷爷捋了捋胡子说。

"终北国？"

"是啊，就是最北边的国家了，没有比我们更北的了。"说完，老爷爷喝了一口那小溪里的水，又反过来问禹，"先生是从哪里来呢？"

"我从中原来。"禹说道。

"哦，那是离这里很远的地方吧。"

在交谈中，禹得知这国家的版图像一块磨石，四周围绕的小山就是磨石的边沿，也是与其他国家的天然分界线。

"那你们这水流是怎么来的？"禹继续问。

"这个可就神奇了。我们国家的中央有一座山，名叫壶领，就像个没有边的泡菜坛子，从这座山上不断涌出水来，终日不干。我们把这水叫作"神瀵"，喝起来又甜又香，最大的好处是——只要喝一点点，便能充饥解渴。但是不能喝得过多，否则就要一直睡上十天才能醒来呢。"

"哦，原来是这么回事，那这真的是神水啊。"

禹站起身来向老伯告辞，往四处走走看看，又待了几天，发现这个国家的气候特别温和，既不热也不冷，不刮风不下雨，也没有霜雪，每天都像是在过春天。人们生活得快乐无忧，吃了玩，玩了睡，人人活到一百岁。

当地人见到禹，都热情地邀请他喝这里的神水，禹尝了尝，觉得这水的味道甘甜无比，非常好喝。可是一想到自己还有治水的工作没有完成，又惦念着他那些还处在水深火热中的人民，在终北国这里就算再快乐，也不能久住。于是禹辞别了当地纯朴的人民，踏上归程，返回中原来了。

经过许多艰难困苦，洪水终于被禹平息了。洪水虽平，但还有余患未尽。原来，被禹赶跑的共工手下有一个臣子叫"相柳"，长着九个头、蛇的身子。这怪物最是贪婪,他的九个脑袋要同时吃九座山上的食物。更可恨的是,他无论碰到什么地方,那里马上变为水泽。水泽里的水又辣又苦,人喝了立刻口吐白沫,一会就呜呼哀哉上了西天,就连飞禽走兽也无法在这一带生活下去。禹知道后很愤怒,就号召众神一起杀死了相柳,为民除害。

相柳死后,他的身体里流出腥臭的血液,气味难闻得很。血液流经的地方,那里的水就被污染成又辣又苦的怪味道,简直不能住人。禹就把这些地方用泥土堵住,可是堵了三次地都塌了,都没成功,禹索性把这一整块地方挖成一个池子。后来,天帝就利用挖池子的泥土在昆仑山筑起几座高台,用以镇压妖魔。

洪水平息,大功告成,禹便想量一量大地的面积。他命手下的两个天神大章和竖亥,一个从东头走到西头,量得两亿三万三千五百里零七十五步;一个从北头走到南头,量得的数字竟然也是一样,一步不多,一步不少。所以在禹的时候,大地竟然是方方正正的,就像一块豆腐。那些用息壤填平的地方,有的高耸起来,就成为今天四方的名山。

禹铸九鼎

在治水时，禹总是亲自拿着铲土的工具，冒着大风大雨走在最前面，给大家做表率。由于常年的风吹日晒，禹的皮肤变得黝黑，手上脚上也生出了厚厚的老茧，指甲都被磨秃了。由于每天经受着水的湿气和太阳的照射，禹还没有到老年，一条腿就已经不好使了，走起路来一瘸一拐。他在外面前前后后一共跑了十三年，好几次从自己家门前经过，听见儿子在里面哇哇地哭泣，都没工夫进去看看。

可是，禹平息了洪水，使人民过上安居乐业的日子，即使他的模样已经变得苍老，甚至有些难看，天下人也都感念他的功德，提起他来都是满口称赞。人们纷纷说："要是没有禹，我们这些人恐怕早都喂鱼虾了！"可见禹深受百姓的爱戴和拥护。天帝为了表彰禹，还赐给他一块叫"玄圭"的上方下圆的黑色玉石，作为对他的奖励。另外还有两匹神马，一匹名叫"飞菟

（tú）"，一匹名叫"駃（jué）蹄"，因为被禹的德行所折服，都自愿来当他的坐骑。后来"飞菟""駃蹄"就成了骏马的通称。

舜是个贤明的君主，他见禹治水有功，便想把王位禅让给禹。一天，舜召禹来到了宫殿，一顿寒暄后，舜站起来拉着禹的手说："今天召你来，就是想把我这个位子让给你。你平息了这场大洪水，有功于国家和人民，是全国人民心目中的大英雄，理应由你来做天子，这也是大家心里所期望的。"

禹本想拒绝，却经不住舜的再三劝说，只好答应了下来。于是，舜心甘情愿地举行了禅让仪式，在四方诸侯的拥戴下，禹正式即位。

长年在外治水的禹，跋山涉水，一路见了不少的妖魔鬼怪。一天，他心里想：我在外奔波，得到了天帝派来的群神的帮助，方能对付这些鬼怪，可是百姓们是没有亲眼见过这些妖魔鬼怪的，万一他们单独出行时碰上了，那后果不堪设想啊。

于是他想到了一个办法，那就是把全国各地妖魔鬼怪的形象都刻在宝鼎上。当时中国有九个州，他就吩咐九州的州牧贡献铜铁等金属。收集得差不多了，禹就命人在荆山脚下铸造了九个巨大的宝鼎，每一个宝鼎都大到要好几万人才能拉动。接着，禹命人在鼎上刻出九州各类妖魔鬼怪，并加以文字说明，宝鼎铸好后就将它们陈列在宫殿门外，任人参观。

这九个宝鼎上面的图画刻得非常精美和详细，哪一方有哪一类妖怪，百姓们只要一看，便知分晓，以后出门也心里有数，趁早带上防备妖怪的法宝。渐渐地，这九个宝鼎成了百姓们极有用的地图指南。

禹的宝鼎一代代地传下去，帝王们对它们都很感兴趣。渐渐地，这九个宝鼎便被帝王们珍藏在庙堂里，成了传国的宝贝，不再开放出来为百姓们当地图指南了。

一直到春秋时代，楚庄王带兵攻打某个部落，一直打到了周天子的都城。周天子极为恐慌，便派了一个叫王孙满的使臣去慰问楚庄王。筵席之中，楚庄王问王孙满："听说当年大禹铸造了九个宝鼎，上面刻有九州的地图和妖魔鬼怪，不知能否让寡人看一看它们的大小？"

善于言辞的王孙满知道楚庄王的用意，就说了一句讽刺味儿十足的话："统治国家在于国君有没有道德，而不在于有没有宝鼎。"

野心勃勃的楚庄王碰了一鼻子灰，回去了。直到战国末年，秦昭襄王攻西周，才把这九个宝鼎抢来，准备搬到秦国去。可是宝鼎太重了，一路上大家正在气喘吁吁地抬着宝鼎，忽然，其中一个宝鼎竟挣脱了，腾空飞起，一飞飞到了东方的泗水，扑通一声落在水里，再也不出来了。就这样，到手的九鼎只剩下八个。后来昭襄王的曾孙秦始皇统一了中国，一天，他出外巡视，经过彭城，想起了泗水里沉没的宝鼎，心有不甘，便派了上千人去打捞，结果还是没有捞着。后来随着时间的推移、朝代的更迭，连其余的八个宝鼎也都下落不明了。

大人国和小人国

《山海经》上面记述着各种各样有趣的国家，传说这些国家也是禹为了平息洪水，游历过的九州万国。首先我们来讲讲大人国和小人国的传说。

相传在遥远的东海有座大言山，太阳和月亮都从那里出来。在大言山附近有一座波谷山，大人国的人就住在这座山上。山上有个开会议事的场所叫作大人之堂，有一个人就蹲在堂上，张开他那又长又粗的手臂，还有一个人在山脚下的海水中驾着一只独木船，这独木船对他来说是小船，可对普通人来说恐怕比战舰还要大些。

普通人在母亲的肚子里孕育十个月便出生了，可大人国的人要孕育三十六年才能出生，刚出生的婴儿就已经是巨人，身材魁梧，头发是白的，还没学走路就会腾云驾雾，他们估计是龙的子孙。曾经有一个龙伯国的大

149

人去钓鱼,一下子就钓起了六只顶着海上神山的大乌龟,那个人恐怕就是大人国的鼻祖了。还有被禹杀死的防风氏,他是天神,也是巨人族的祖先。

天庭里也有大人,长着九个脑袋,模样极其狰狞,守卫着天庭的大门,听说拔大树就像拔草那样容易,成千棵大树,在其盛怒之下,一会儿就拔光了。地狱里也有大人,就是幽都的守门者土伯,他头上长着一对锋利的角,腆着牛一样的大肚子,张开一双血淋淋的大手,驱赶着地狱里的黑色鬼魂。

在天庭、人间和地狱里都有大人国的踪迹,小人国却只存在于人间。

据说,在南方的海上有一个小人国,叫僬侥(jiāo yáo)国。这个国家的人,个个都生得很矮小,一米高就算是高个子了,最矮的才十几厘米高。他们住在山洞里,穿着小小的衣服,戴着小小的帽子,看起来斯斯文文的。他们很聪明,能制造各种灵巧的东西。尧在位的时候,小人国就进贡了几支叫"没羽"的箭来,这种箭非常锋利,尧很喜欢。小人国的人平常也耕地,但凶恶的白鹤总是趁小人耕种时偷袭。幸亏附近大人国的汉子们都很热心,他们身高三十几米,时常来帮助小人国的人驱赶白鹤。

据说银山上有一种树叫女树,天刚亮,树枝上便长出一些光着身子的婴儿;太阳一出来,这些婴儿便从树上爬下来,在地面上行走、玩耍、嬉戏;太阳一落山,他们就不见了。到第二天,女树上又生出另外一批婴儿来。

在西海中有一个国家叫大食王国,在这个国家海岸附近的岩石上长了一些树,青青的枝条、红红的叶子。树上成群地长着许多小孩子,只有二十多厘米高,脑袋连着树枝,倒栽葱似的生长着。这些小孩子见了人都嘻嘻地笑,手脚乱动。若是把他们从树上摘下来,马上就会死掉。像银山和大食王国的这些小人就叫"菌人",吃了可以长生不老,在《西游记》里他们又被叫作"人参果"。

在西方海外有一个国家叫作鹄(hú)国,里面的男男女女,身高都只有二十几厘米。他们个子不高,为人却极有礼貌,见了人就作揖磕头。他们非常长寿,能活到三百岁。别看他们个儿小,走起路来却像风一样,一天能走一千里。他们什么都不怕,只怕海鹄。海鹄来势凶猛,看到他们就会把他们一口吞到肚子里。神奇的是,小人在海鹄的肚子里照样活着,而海鹄从此也能日行千里,寿命也能到三百岁。

蛮触相争

在《庄子》中有一段与小人儿有关的寓言,说是一群小人儿在蜗牛左边的触角上建立了一个国家,叫触氏国;另一群小人儿在蜗牛右边触角上建立了一个国家,叫蛮氏国。两个国家的君王常常为了争夺地盘,在蜗牛身上排兵列阵、发动战争。双方互不相让,一打起来就是十天半个月,就算有一方战败了,丢盔弃甲地逃跑,战胜的那方也会穷追不舍,一定要把对方打个落花流水、片甲不留。后来人们就用"蛮触相争"形容因为极小的利益而引起的争端。

能在蜗牛的触角上建立国家,可见这些小人儿才是真的小之又小,我们前面所讲的那些小人跟他们比起来又可以算是"巨无霸"了。

长寿国和不死国

在海外许多奇异的国家中，还有很多是国民寿命特别长的。

在东方有一个长寿的国家叫君子国，这个国家的人喜欢蒸木槿花吃。木槿花是一种灌木树上开的花，颜色有红的、紫的、白的，很漂亮。可是木槿花的寿命很短，早晨开花，不到晚上便枯萎了。君子国的人便把这短命的花作为他们的日常食物，说来也怪，吃了这短命的木槿花，他们反而个个长寿。

君子国的人穿戴讲究，衣服上一丝褶皱也没有，帽子也端端正正地戴着，腰间挎着宝剑，样子很是威武。他们每人都有两只色彩斑斓的大老虎当仆人，在他们面前，大老虎就像小猫一样温顺。这里的人互相谦让、和平相处，就像他们国家的名字一样，个个都是君子。在君子国的街市上，只见满街的人和老虎来来往往，从来没出过什么乱子。

在西方也有好几个由长寿的国民组成的国家。例如轩辕国，在这个国家里，活到八百岁都算是少的。他们都是黄帝的子孙，长着人的脸、蛇的身，尾巴缠在头上，看起来还蛮吓人的。在轩辕国附近有一个土丘名叫"轩辕之丘"，那里的守卫是四条盘在一起的蛇。传说当年人们在射箭的时候都不敢向西方射，因为西方有轩辕之丘，是黄帝的威灵所在。

西方还有两个国家，其中一个叫白民国，还有一个叫奇肱（gōng）国，都是因为骑了某种珍奇的动物而变得长寿。

白民国的人全身都是白的，就连头发都是白色的。那里出产一种走兽叫"乘黄"，样子像狐狸，背上长有两只角，跑起来速度很快，好像在飞一样，所以又叫"飞黄"，若是有人骑了它，寿命可达到两千岁。后来人们说的"飞黄腾达"这个成语，就是从这里来的。

奇肱国在遥远的西方，离玉门关有四万里。这个国家的人手艺都很好，不仅擅长制造各种灵巧的机械来捕捉鸟兽，还能制造各种飞车。他们的飞车只能利用风来飞行。据说，在殷汤时期，有一天刮起了西风，奇肱国的人就乘着一架飞车像大鹏展翅一样飞了起来，一直飞到豫州，飞车被这里的人毁坏了。直到十年以后刮起东风，他们才照原样做了一架，又乘着飞车回归故土。奇肱国的人经常骑一种叫"吉量"的白色斑马，这马有着红色的鬃毛，脖子像鸡的尾巴，眼睛像黄金，如果骑上它，可以活到一千岁。

以上几个国家都是长寿国，还有的国家简直就是长生不死之国。

在南方的荒野有个长生不死的部族。这里的人皮肤黝黑，人人长生不死。那里有一座"员丘山"，山上长有一种叫"甘木"的不死树，传说吃了不死树上结的果子，人就不会死；山下又有一眼泉，叫赤泉，泉水是红色的，味道甘甜无比，喝了赤泉里的水，也可以长生不死。

在长生不死的国家之中，最有趣的要数西北的无启国了。"无启"就是没有子嗣的意思，可是没有子嗣，这个国家怎么维持下去呢？原来，无启国的人都很神奇，他们没有男女的区别，也不结婚，自然也没有子女。他们住在山洞里，有时只吃空气，有时到河里去捞几条小鱼来吃，有时干脆拿泥土当饭吃。他们死了就被埋在地下，但是心脏不停止跳动，过了一百二十年，他们便会复活，再从泥土里爬出来重新生活。他们的死好像睡一场大觉，就这样活了又死，死了又活，也可以说是长生不死了。因此这个国家的人一点也不会减少，照样兴旺发达。

异形国

在禹游历过的国家中，除了前面讲过的几个奇特的国家之外，还有很多有趣的国家。这些国家可以大体被分为"异形"和"异禀"两大类，异形就是指长得很奇怪，异禀则是有着一些不寻常的禀赋。首先我们来讲一讲异形的国家。

一　南方海外

如果你从西南往东南走，首先路过的是结胸国。结胸国的人胸前的骨头都凸出一大块，好像男子的喉结。结胸国境内有一种鸟，名叫"比翼鸟"，形状像野鸭，羽毛的颜色是青中带红，它们只有一只翅膀、一只眼睛和一只脚，一定要两只鸟合起来，组成两只翅膀、两只眼睛、两只脚，才能自由自在地飞行，否则连一步路也走不了。所以这种鸟一定要找一个配偶，然后同飞同宿、永不分开。人们就拿它们作为恩爱夫妻的象征，"在天愿作比翼鸟"就是这么来的。

从结胸国向东，经过几个国家，就到了交胫(jìng)国。交胫国的人个子不高，只有一米多一点，腿脚是弯曲的，互相交叉，一旦躺下自己是起不来的，必须要人扶。他们走起路来一拐一拐，样子很难看，但他们习以为常，看见正常走路的禹，他们反倒觉得不大顺眼了。

交胫国隔壁有个枭阳国。这里的人是一种像人又像兽的野人，个个都有三米多高，又叫赣(gàn)巨人。他们浑身漆黑，长着毛，一张人的脸，脚是反着生的，走起路来却快步如风。他们性情极凶暴，好吃人，在山间遇到单身旅客，就张开他们那像狗一样的嘴巴，把嘴唇翻转来盖在额头上，先是"嘿嘿嘿"一阵傻笑，笑够了才开始吃人。有些聪明人便想了个办法对付他们：把两只手臂套上竹筒，要是被赣巨人捉住，就趁他们嘿嘿傻笑的时候，立刻把手从竹筒中抽出，再掏出匕首，把他们翻转过来的嘴唇钉到额头上去。往往到了这时候，那些赣巨人还没回过神来呢！

在枭阳国的附近，有一种非常有趣的猩猩。这种猩猩像猪却长着一张人的脸，它们极聪明，能说人话，无论看见谁都能叫出他的姓名。

别看这些猩猩很聪明，想要捉住它们，却有个简单的办法。在深山里放上几坛酒，再放几个酒碗、几只酒勺和几双木板鞋，然后躲起来看动静。一会儿，猩猩来了，看见这种情形，他们知道是人们设下的圈套，就叫着设圈套人的名字在那里破口大骂，一直骂到祖宗八代。等骂得口干舌燥了，它们闻到酒的芳香，又忍不住想喝。起初猩猩心里想：可不能上当！那是来抓我们的陷阱。可是，它们实在太渴了，又想：那就稍微尝尝吧，就一点点，应该也没什么事的。

慢慢地，就有一个胆大的猩猩悄悄走近酒坛，用指头蘸一点来尝："啊，真香啊，真好喝！"很快它就拿起勺子，接着又拿起碗。其余的猩猩一看，都忍不住了，便一拥而上，喝了个不亦乐乎。不一会儿坛子里的酒就被喝了个精光。它们带着七八分醉意，又发现了地上的木板鞋，兴高采烈地争着去穿，哪知道刚走三五步，都歪歪扭扭地跌倒在地。这时躲藏在附近的人便跑出来，用绳子把它们结结实实地捆起来。

从枭阳国往东就到了岐舌国，又叫反舌国，这里的人舌头都是向着喉咙倒着生的，因此他们说的话极为特别，只有自己人能懂，外人一句也听不明白。

从反舌国再往东走是豕（shǐ）喙国，这国的人嘴巴都像猪嘴。豕喙国附近是凿齿国，这里的人大概是尧时被羿杀死的怪物凿齿的后代，能从嘴里吐出一颗一米长的牙齿，形状像凿子，性情凶猛。再向东走一点，就到了三首国，这里的人长着一个身子、三个脑袋。再往东是长臂国，这里的人身高和一般人差不多，可是手臂极长，可以一直垂到地上，他们最擅长的就是用长长的手臂从水里抓鱼了。

二　东方海外

东方的异形国有三个，第一个是黑齿国，这里的人牙齿都黑漆漆的，拿稻子当饭，拿蛇当菜。黑齿国附近有一个汤谷，就是十个太阳住过的地方。

从黑齿国往东走，经过汤谷，便到了玄股国。这个国家的人，腰部以下的两条腿全是黑的。因为住在海边，他们便穿鱼皮、吃海鸥。玄股国附近有一个部族叫雨师妾，这里的人是介于人和神之间的怪人。他们浑身漆黑，两只手各握着一条蛇或者乌龟；左边耳朵上挂着一条青蛇，右边耳朵上挂着一条红蛇。

再往北方走便是毛民国，这里的人脸上、身上都长着像箭一样的硬毛，他们身材短小，住在山洞里，终年不穿衣服。

三　北方海外

在北方海外，从东北地区开始，首先是跂踵（qí zhǒng）国。这里的人的脚很特别，但具体是如何特别，却有两个说法：有人说他们只用五个脚趾走路，不用脚跟，所以称他们为"跂踵"；有人说他们的脚是反着长的，假如他们向南方走，足迹看起来却正向着北方，所以又叫他们"反踵"。

跂踵国向西就到了拘缨国。拘缨国的人都戴着帽子，还时刻用手握住下巴上的帽带，也就是"缨"，就像老是怕风把帽子吹掉似的，看起来十分滑稽。在拘缨国的南边长着一棵树叫寻木，据说有千米之高。

再向西走便到了夸父国，也就是追赶太阳的夸父的故乡。这里的人都是巨人，右手握一条青蛇，左手握一条黄蛇。夸父国的东边是一片绿叶茂密、鲜果累累的桃林，叫邓林，就是夸父临死前扔下的手杖变成的。

夸父国的旁边是聂耳国，这里的人都长着一对极长的耳朵，一直垂到肩膀下面，走路时必须用两只手握住，防止它们甩来甩去，跟君子国的人一样,他们每人使唤两只花斑虎做仆人。

聂耳国附近是有名的北海,那里居住着三个神人。一个是人脸鸟身的海神兼风神禺强。另外两个都住在一座名叫北极天柜的山上,一个叫九凤,长着人的脸、鸟的身,有九个脑袋;一个叫强良,长着人的身子、老虎的脑袋、四个蹄子,手肘特别长,嘴里衔了蛇,前蹄上又挂着蛇。

北海这一带有很多奇怪的事物:这里有一座山叫蛇山,上面聚集着许多凤凰一样的美丽五彩鸟,名叫翳鸟。它们常常成群结队地飞起来,数以万计,遮天蔽日。这里还有作为幽都大门的幽都之山,那上面有黑鸟、黑蛇、黑豹、黑虎、黑狐……总之都是些黑色的生物。翻过这座大山,就看见一座怪石耸立的大黑山,山上来来往往的都是一些黑人。大黑山顶上就是大幽之国,人们都赤着身子,终年住在不见阳光的幽暗崖洞里。这里还有一种人,膝盖以下的皮肤都是红通通的,好像穿了红靴子。此外还有一群壮汉,上半身是人,下半身却长着马腿,是钉灵国的人,他们经常用鞭子抽打着自己的马蹄,在原野上像风一样飞驰,喉咙里发出"嘎咕、嘎咕"的叫声。

从北海再向西走便到了无肠国,这里的人都很高大,可是肚里没有肠子,吃下的东西无法充分消化就排泄了出来。

再向西走便到了深目国,这里的人眼眶极深,他们总是举起一只手,手里握着一条鱼,也不煮一煮就吞进肚子里。

深目国的西方是柔利国。这里的人只长着一只手、一只脚,他们身上没有骨头,所以手脚都软软的,像一段肉带一样。他们是聂耳国人传下的后代。

再往西一点就到了一目国,这里的人只在脸的正中央长着一只眼睛,姓威,据说是少昊的后代。因为样子难看,又姓威,一般人就把这个国家错喊成鬼国。

四　西方海外

西方的异形国里,头一个就是长股国,又叫长脚国。顾名思义,这里的人脚都极长,有人说有十米多长。有趣的是,有人看到长脚国的人背着长臂国的人去海里捉鱼,这真是再好不过的组合了。长脚国附近有一种羽毛华丽的五彩鸟,头上有冠,叫"狂梦鸟"。

从长脚国往南,经过几个国家就到了一臂国。这里的人都是一只手臂、一只眼睛,连鼻孔也只有一个。这里出产一种长着老虎斑纹的黄马,也只有一只眼睛和一只前脚。

再向南走就是三身国,这里的人是帝俊的后代,长着一个脑袋,却有着三个身子。附近有一座山名叫荣山,山上有一条凶猛的大黑蛇,能把极大的鹿直接吞下肚子。荣山附近还有一座山叫巫山,传说山上有一处秘密的窟穴,里面藏有天帝的八种仙药。有一只五色凤凰常在山上飞来飞去,替天帝看管这些仙药,同时也负责监管荣山上的那条大黑蛇,防止它出来闯祸。

一目国的妖怪

　　在常常被人错喊成鬼国的一目国附近，还真有许多妖魔鬼怪。这里有一种野兽叫蜪(táo)犬，长得像狗，浑身泛青，吃人时喜欢从脑袋吃起。还有一种野兽叫穷奇，长得像老虎，有一对翅膀，身上的毛像刺猬一样，吃人时也喜欢从脑袋吃起，不过偶尔兴致来了也会从脚吃起。此外还有一种黑色的蜂，有茶壶那么大；有一种红色的蚂蚁，比大象还大。这里还有一种野人名叫蟜(jiǎo)，身上有老虎的斑纹，小腿肚子特别粗壮。有一种妖怪叫阘(tà)非"，长着人的脸、野兽的身子，浑身青色。还有一种鬼怪长着人的身子、黑脑袋，眼睛直直地竖着，这就是"魑魅"的"魅"了。还有一种怪人叫戎，长着人的脑袋，上面却有三只角。还有一个怪神叫据比之尸，他的脖子断了，脑袋垂在胸前，乱蓬蓬的头发倒挂下来，两只胳膊也都掉了，只剩下一段树桩一样光秃秃的身子。

异禀国

一　南方海外

异禀的国家也有很多,还是先从南方海外说起。

从西南开始,头一个国家是羽民国,这里的人都长着长长的脑袋,披着白头发,瞪着红眼睛,像鸟儿一样嘴巴尖尖,还长着一对翅膀,只是飞不远。他们也和鸟儿一样是从蛋里孵出来的。羽民国里数量最多的鸟是鸾鸟,属于凤凰一类,长着五彩羽毛,极其华贵。羽民国的人都拿鸾鸟蛋来当粮食,所以个个长得像神仙。

羽民国附近有一个国家叫卵民国,卵民国的人也像羽民国的人一样,从蛋里孵出来,自己又生蛋来繁殖后代。

离开这两个国家向东南走,就到了讙朱国,这里的人长得和羽民国的人差不多，也有尖尖的嘴和一对翅膀，可惜他们的翅膀不能用来飞，只能当拐杖。他们常常扶着翅膀一拐一拐地去海边，用尖嘴捉海里的鱼虾来吃。

从驩朱国向南走一点，便到了厌火国，这里的人皮肤黝黑，长得像猕猴，因为常常拿火炭当食物，所以嘴里能吐火。这里出产一种食火兽，名叫祸斗，长得像狗，也能喷火。

厌火国附近是裸民国，这里的人一年四季都全身赤裸，禹当时为了尊重他们的风俗习惯，脱了衣服才进入国境。

再向东北走，便是三苗国。所谓三苗，相传就是帝鸿氏的后代浑敦、少昊氏的后代穷奇、缙云氏的后代饕餮。因为尧把天下让给舜，这三族人都不服气。后来尧杀了他们的国君，他们就逃到南海来。这里的人长得跟普通人差不多，唯一的不同之处就是腋下长着一对不能飞的小小翅膀。

从三苗国再往东走便是载民国，这里的人是舜的儿子无淫的后代。他们长着黄皮肤，吃五谷杂食，擅长拉弓射蛇。

在载民国的附近是蜮（yù）民国，这里的人吃小米，还吃一种奇怪的生物，叫作"蜮"。蜮是一种生活在南方山涧中的毒虫，长得像团鱼，不到十厘米长，能够含沙射人。人被射中后就缩成一团，腿脚抽筋，发起高热，接着便生出毒疮，幸运一点的大病一场，倒霉一点的连性命都丢掉。成语"含沙射影"就是从这里来的。可是蜮民国的人不但不怕这种毒虫，还专门抓它们来吃。

从蜮民国往东走便是贯胸国，这里的人胸前都有一个圆圆的大洞。这个洞是怎么来的呢？原来，禹在治理洪水时召集群神开会，因为防风氏迟到,禹就杀了他。后来洪水平息,从天上下来两条龙,禹就用这两条龙驾着车子,派一个叫范成光的臣子当车夫,载着自己到海外各国去巡视。这一天,禹经过防风氏的部族。防风氏有两个臣子,一直因为国君被杀而对禹怀恨在心,看见禹如今又驾着龙车经过,气不打一处来,就拉弓朝禹一箭射去,只听得一声巨响,霎时间狂风大起、电闪雷鸣,大雨哗哗地下起来,两条龙载着禹向着天空中飞去,转眼没了踪影。

这两个臣子怔怔地望着天空,知道这回闯了大祸,凶多吉少。与其等别人来下手,不如自己给自己一个痛快。于是他们一齐抽出短刀,朝自己的胸口猛戳,不久便倒地而亡。禹知道了这件事,觉得这两个臣子都是忠义之士,便叫人拔出他们胸口上的短刀,将不死药涂在伤口上。在神药的作用下,他们很快就活了过来,可是胸口上的大洞却永久性地留了下来。从此以后他们的子孙也都是这般模样,形成的国家就叫贯胸国。有趣的是,贯胸国的人利用胸口上的大洞发明了一种坐轿子的方式,就是把一根竹竿从胸口穿过,前后两个人抬起竹竿,迈步就走,既简单又平稳,一般人还真羡慕不来。

二　东方海外

东方海外的头一个异禀国是司幽国,这里的人是帝俊的后代,喜欢吃小米和野兽。这里的男人叫思士,不娶妻子;这里的女人叫思女,不嫁丈夫。那他们怎么繁衍后代呢?原来,只要一男一女对望一眼,就会自然受孕,生出孩子来。

从司幽国往北是青丘国,这里的人吃五谷,穿丝帛,和中原人没什么区别。只是这里有一种九尾狐,天下太平的时候它们就出现在世间,是一种祥瑞。

再往北走,经过几个国家,便到了劳民国。只见这里人来人往,个个浑身漆黑。他们无论是走着、站着、坐着、躺着,全都显得慌慌张张的,好像很忙碌的样子,但其实他们并没有什么事情可做,所以人们都把他们叫作"劳民"。

三　北方海外

北方海外的异禀国只有两个。第一个是姑射国,在海上的一座仙岛上,离蓬莱岛不远,它的东北被大海包围,西南被高山环绕,山清水秀,环境优美。这里的人个个都是仙人,长生不死。他们不吃五谷,只呼吸新鲜空气,偶尔喝点露水。他们举止文雅,内心沉静,在风光明媚的海岛上终日无所事事,悠然自得,有兴趣了就看看海里的大蟹和陵鱼。

从姑射国向西走,在西北地区的尽头就是犬戎国,又叫犬封国。这里的人都长着狗的脑袋、人的身子。据说是黄帝的玄孙弄明生了一雌一雄两只白狗,两只狗繁衍生息,就形成了犬戎这个国家。犬戎国的人吃肉,供奉着一个神灵,这神灵长得像马,却没有头,浑身通红,名叫"戎宣王尸"。

四　西方海外

西方的第一个异禀国是肃慎国。这里的人都擅长射箭,武艺高强。他们住在岩洞里，不会织布，把猪皮披在身上当衣服，到了冬天，就将野兽的脂肪涂抹全身，用来抵御风寒。这里出产一种名叫雄常的奇树，据说如果中国是圣明的天子在位，这树就长出一种柔软而坚韧的树皮，可以剥下来做衣服，又耐穿又保暖；如果很不凑巧，碰上个昏君，这里的人就只能继续穿猪皮了。

从肃慎国往南走，经过一两个国家，便到了沃民国，从名字就可以看出，这是一片肥沃丰饶的土地，鸾鸟在这里唱歌，凤凰在这里舞蹈，飞禽走兽在这里和睦相处。这里遍地都是凤凰蛋，这里的人饿了就吃凤凰蛋，渴了就喝甘露。据说凤凰蛋跟甘露里包含了人间所有的美味，有益健康，甚至还可以使人长生不老，这样来看，这里的人真可谓是天之骄子了。

从沃民国再往南就是女子国，这里的人都是女子，没有一个男人。女子国里有条河叫黄池，成年女子到黄池里洗个澡，就会怀孕。若是生下男孩，最多三岁便死掉，只有女孩才能长大成人。

再向南走是巫咸国，这是由一群巫师组成的国家，其中最著名的十个巫师分别叫作巫咸、巫即、巫盼（fén）、巫彭、巫姑、巫真、巫礼、巫抵、巫谢、巫罗。他们右手握一条青蛇，左手握一条红蛇，在登葆山上采药。巫咸国附近有一种怪兽名叫并封，长得像黑毛猪，前后都有脑袋。

再往南就是丈夫国，这里的人都是男子，没有一个女人。他们穿着整整齐齐的衣服，一丝不苟地戴着帽子，腰间还挂着宝剑，看起来既威武又彬彬有礼。这里的人为什么都是男子呢？据说，殷代有一个国君叫太戊，派遣王孟带着一群人到西王母那里去寻求不死药，到了这里，所带的干粮都吃完了，再也无法继续长途跋涉，就只好在荒山老林里住下来，把树上的果实当食物。渐渐地，他们自成一国，就叫丈夫国。他们一辈子单身，却每个人都能生两个儿子。这两个儿子都从他们的身体中生出来，刚生出来还只是影子，等影子凝聚成人，他们本人就死去了。

在丈夫国的附近有一个国家叫寿麻国，是大神南岳的后代。这里的人站在阳光下却不见任何影子，高声疾呼却发不出一点声音。那里异常炎热，普通人是去不了的。附近住着两个女巫，一个叫女祭，手里端着一个祭神用的肉案板；一个叫女戚，手里拿着一条鱼和一条黄鳝。

从寿麻国往南走，就到了西方的最后一个异禀国，叫孟鸟国，又叫孟舒国。这里的人都长着人的脑袋、鸟的身子，说人话，身上的羽毛有红、黄、青三种颜色。他们就是帮助禹治理洪水的大神伯益的后代。据说伯益的五世孙孟戏到这里的时候，凤凰也跟着他来到了这里。这里的山上长着几千米高的竹子，凤凰就在竹林里做巢，拿竹子的果实当粮食。孟戏则专门找树上的果子吃，后来就慢慢繁衍成为一个国家，这样来看，这里应该叫孟戏国才对。

望帝化鸟

　　在远古时代的蜀国，也就是今天的四川，养蚕业非常发达。蜀国第一个国王叫蚕丛，是位养蚕专家，据说他的眼睛生得很特别，跟螃蟹似的向前突出。一开始蜀国人不会养蚕，蚕丛就教他们养蚕的方法和技巧。他们一起种桑树、采桑叶、抽丝、织布。那时候人们的生活比较简单，经常到处迁移，蚕丛到了哪个地方，那里马上就成了热闹的蚕的集市。

　　蚕丛死后，继位的是柏灌。柏灌死后，一个叫鱼凫的人做了蜀国的国王，他很擅长捕鱼打猎。蜀国人在蚕丛的带领下已经学会了养蚕织布，可是对于捕鱼打猎还不是很在行，于是鱼凫就带领蜀国百姓到岷江捕鱼，教他们学会撒网；又带着百姓去山上打猎，教他们使用弓箭。这样一来，蜀国人不愁吃不愁穿，生活得非常滋润，从心底感激、拥护他们的国王。后来，国王鱼凫在山里打猎的时候，忽然就得道成了仙，从此告别了他的人民。

许多年后的一天，一个叫杜宇的男子从天上降落到朱提这个地方，也就是现在的四川省宜宾县西南。杜宇长得气宇轩昂，他在江边踱步，正四处张望看哪里有落脚的好去处，却隐约看见一个美丽的女子从岸上缓步走来。杜宇忍不住走到这位女子面前，询问这里的风土人情。原来这女子名叫利的，是从江源（也就是现在的四川省松潘县）这个地方西边的井水里冒出来的。两个年轻人都无父无母，没有住处，看到人间的一切都感到非常好奇，可谓是天造地设的一对。他们便结伴而行，久而久之产生了感情，就做了夫妇。

后来，杜宇自立为蜀王，号望帝。望帝见蜀国山清水秀、土地肥沃，这里的百姓既会养蚕织布，又会捕鱼打猎，却不怎么会种田，他便亲手教百姓如何播种、如何收割。他还制定了万年历，告诉大家要按照气候季节做事，不要耽误田里的耕作。就这样，蜀国的百姓越来越富裕。

可是还有一点美中不足，让望帝在心里暗暗发愁：蜀国是一个盆地，四周都是高山，雨水又多，遇到雨季很容易发洪水。望帝带领百姓与洪水搏斗了好几年，帮助他们灾后重建家园，却总是想不出好的办法来根治水患。

有一天，忽然从下游的江里浮上来一具男尸，一直漂到蜀国境内。蜀国人见了都感到奇怪，因为一般尸体都是顺着江水往下游漂，而它却逆流往上漂，蜀国人便把它打捞起来。更奇怪的是，刚一打捞起来，尸首就复活了。

这位男子开口说道："大家不要怕，我叫鳖灵，是楚国人氏，不知道怎么，一不小心掉到江里，便从楚国一直漂到了这里。"

望帝听说江里漂来了一个怪人，也暗暗称奇，便叫人把他带来相见。两人一见如故，十分谈得来，聊了三天三夜还不知疲倦。望帝觉得鳖灵这人不但聪明,似乎还很了解治水的工作,在常有水灾的蜀国,这种人必将大有用处,便封他做了宰相。

鳖灵做了宰相不久,蜀国就暴发了一场大洪水,大地一片汪洋,百姓被洪水冲得家破人亡、流离失所。望帝很着急,就在朝堂上对鳖灵说:"现在蜀国水患厉害,黎民百姓遭殃,此次派你去治理洪水,希望你能圆满完成任务。"

鳖灵很爽快地应了下来,马上带领人们去治水。在治水的过程中,鳖灵表现出了他天生的才干。他带领人们把玉垒山凿开一条通道,使洪水顺着岷江畅流下来,分散到平原上的各条支流里去。很快,一场滔天洪水就被制伏了,百姓又重新过上了安定幸福的日子。

鳖灵治水归来,望帝特地为他举行了一次盛大的庆功宴会,在宴会结束时,望帝当众宣布把王位禅让给了鳖灵。鳖灵见推脱不掉,只好接受了禅让,号称开明帝,又叫丛帝。望帝给鳖灵交代完政务,不顾臣民们的挽留,带着妻子走出王宫,来到西山隐居了起来。一路上尽是为他送行的百姓,有的难过地流下了眼泪,有的拉着望帝的手舍不得松开,对于这位国王的离开,蜀国人民是极为依依不舍的。

过了许多年,望帝去世了,他生前爱护百姓,教蜀国人如何利用季节来耕种,死了以后还惦记着人民的生活。他的灵魂化作了一只杜鹃鸟,每年一到清明、谷雨、立夏、小满等农忙季节,就飞到田间一声声地鸣叫:"布谷!布谷!"人们听见这种啼叫声,知道是望帝来看他们了,就互相转告:"望帝是在提醒我们,播种的时节到了!"后来人们干脆把这种鸟叫作杜宇或者催耕鸟。

金牛蜀道

望帝把帝位禅让给鳖灵，鳖灵传位给他的子孙，一直到开明帝第十二世，改帝号称王，将都城迁到了成都。蜀国四周皆是高山，和外界来往不多，经过几代国王的开拓治理，土地肥沃，风调雨顺，百姓安居乐业。蜀王见国家没有内忧外患，就开始骄奢淫逸、贪图享乐起来。

那时隔壁的秦国日益强大，秦王的野心也日益增长，想一举吞并蜀国，只因为蜀国地势险峻，不容易进攻，而硬攻显然不是什么好办法。此时秦国是秦惠王在位，这个人很有心计，听说蜀王很贪心，狡猾的秦惠王便想出一条妙计：叫人造了五头石牛，在石牛的屁股后面摆上一堆金子，谎称石牛是金牛，每天都要拉一堆金子。接着，他吩咐手下人把这个消息散播出去，消息很快传到了蜀王的耳朵里。

"哇，想不到秦国还有如此奇特的牛！如果我能得到这些石牛，那将有数不完的金子啊！"贪婪的蜀王想要得到这些石牛,就打发一个使臣前去向秦惠王请求。秦惠王正求之不得呢,立刻爽快地答应了,他对使臣说:"你我两国历来交好,这五头石牛不算什么,可以全都赠送给蜀王。"

蜀王听到使臣的汇报,高兴得手舞足蹈。可是真要把这五头石牛运回来时,麻烦就来了。因为这石牛个个又大又重,想运到山高地远的蜀国不是件容易的事。好在蜀国当时有五个大力士,叫五丁力士,蜀王就命令这五个大力士去凿山开路。五丁力士不分昼夜地凿啊凿,费了九牛二虎之力,凿出一条大路,把五头石牛搬运了回来。蜀王还得意扬扬地把这条路命名为金牛道。哪知道这五头石牛被搬到蜀国后,并不拉金子,蜀王这才知道自己上当受骗,气得火冒三丈。

秦惠王得知金牛道已经打通,十分高兴,因为自己不费半点力气就打通了去蜀国的路。但他又畏惧那五个大力士,觉得他们实在是力大无穷,不敢贸然进攻,于是又生出一计,想先用美女把蜀王迷惑住,让他不理政事,趁机来壮大秦国的军队。

一天,秦惠王派使者向蜀王说道:"我们秦国有五个美丽的姑娘,个个花容月貌、国色天香,又都能歌善舞,如果蜀王想要的话,秦王愿意无私奉献,也算是向您赔罪了。"

这个蜀王不但贪财,而且好色,一听有美女送来,立刻心花怒放,笑眯眯地对使者说:"如果能得到这五个美人,秦蜀之前的恩怨都一笔勾销。"

于是蜀王立即叫五丁力士跟着使者到秦国去迎接五名美女,殊不知,他又一次中了敌人的圈套。

五丁力士奉命到了秦国,迎接那五名美女回蜀国,走到梓潼这个地方,忽然看见一条大蛇。那蛇足足有三米长,正准备往山洞里钻,五丁力士当中的一个赶紧跑去抓住蛇的尾巴,一个劲儿地往外拖,企图把它拖出来杀死,为民除害。可是蛇实在太大,一个人拖不动,于是其余几个力士都上去帮忙,一边拖一边大声呐喊,声音响彻山谷。大蛇被一点一点地从山洞里拖了出来。五丁力士正拖得高兴,忽然妖蛇作怪,使出浑身解数,扭动起它那庞大的身躯,只听得轰隆一声巨响,山崩地裂,乱石滚动,刹那间,蜀国的五丁力士和秦国进贡来的五名美女都被压死了。从此那座大山就分为了五座山峰,像是五丁力士的坟墓。

蜀王听了这事,心里万分悲痛,可他悲痛的并不是那五个力士的死,而是五名国色天香的美女没有能够送到蜀国供他玩乐。于是他亲自登上这五座山,为这五名美女作了一番厚颜无耻的凭吊,还把这五座山峰命名为"五妇冢",又在那上面建造了什么"望妇堠(hòu)""思妻台",而把为蜀国出力的五个壮士完全忘记了。只有蜀国的百姓还始终铭记着他们,把这五座山叫作"五丁冢"。

秦惠王听说五丁力士被山石压死了,立刻乐得心花怒放。这下障碍已除,蜀国已不足为惧,秦惠王立刻派遣大军从之前打通的金牛道进攻蜀国,很快就把蜀国吞并,并把昏庸的蜀王杀死了。

那只由望帝的魂灵化成的杜鹃鸟眼见故国灭亡,无计可施,只有一腔悲愤在胸中郁结。从此,每年的三月间,杜鹃鸟都对着蜀国的国土一声声凄惨地叫唤着:"不如归去!不如归去!"蜀国人一听见这声音,都潸然泪下,知道这是他们的旧君主望帝杜宇在怀念故国了。

李冰与都江堰

　　蜀国虽然灭亡了，但百姓并未遭受太大的苦难，秦惠王吞并蜀国之后，将其改为蜀郡。又过了几十年，到了秦昭王的时代，秦国派来了一个名叫李冰的郡守来治理蜀郡。

　　李冰是个像望帝那样关心、爱护百姓的好官。他一到蜀郡，就替蜀地人做了很多有益的事，他利用岷江水灌溉了万顷农田，使世世代代的蜀地人民都蒙受了福利。关于李冰治水，民间流传着许多神话故事。

　　据说，李冰刚到蜀郡的时候，附近岷江的江神也像河伯一样凶恶，每年要娶两个年轻的姑娘做他的新娘，不然他就发起怒来，兴风作浪，激起漫天的洪水来危害百姓。蜀郡的百姓被这件事情搞得愁眉苦脸，谁家也不愿意让女儿嫁给江神，但又没有什么办法，只得每年照例出钱办喜事，再从各家轮流选聘姑娘，精心地打扮一番后，风风光光地送给江神做新娘。

　　一天，李冰巡视蜀郡，听到鞭炮声和唢呐声，知道江神又要娶妻了。他急忙挤到人群当中，只见一位穿着嫁衣的姑娘蒙着红盖头，被大家抬到江边。姑娘泣不成声，怎么也不肯入水，姑娘的母亲则跪在江边号啕大哭："江神啊，你行行好吧，我就这么一个女儿啊！求求你网开一面，不要再发水灾了。"

　　李冰见状，便走过去，扶起新娘的母亲，对她说："老人家，您赶紧把女儿带回家吧，我来想办法。"

　　接着，李冰又对人群高呼道："今天大家先回去，这次江神娶妻大家也不要出钱了，过几天我把女儿给江神送去！"

　　过了几天，李冰筹备一番，果然把他的两个女儿打扮起来，准备沉到

江里去送给江神。大家对江神娶妻的事情都驾轻就熟了，很快就在江边搭起一座神坛。神坛上设有江神的神座，陈列着香花灯烛、酒果供品，坛下有一群穿着彩色衣服的乐手在那里吹吹打打，好不热闹。李冰端着满满一杯酒，慢慢走到神座前，向江神敬酒。他说："我很荣幸能够把女儿嫁给江神，请您显露尊颜，让我敬一杯酒！"

神座上一片寂然，一丝动静也没有。李冰沉吟了一下，说："好吧，我先干为敬！"于是他举起酒来，一饮而尽，把杯口倒过来，果然一滴也不剩了。可是神座上陈列的几杯酒却丝毫没有变化，李冰怒不可遏，厉声说道："江神既然瞧不起我，我就只好和你拼个死活了！"

说罢，李冰从腰间拔出剑来，转眼就消失了。一时间乐手都停下了演

奏,所有伸长了脖子看热闹的人都惊愕不止。过了一会儿,只见江面上出现了两头苍灰色的牛,激烈地用角互相斗着。斗了一会儿,两头牛又一齐消失了。这时人们看到李冰脸上流着汗,气喘吁吁地跑回来对他的部下说:"我刚才变成牛和江神战斗,可是狡猾的江神也变成和我一样的牛。我一个人拼得太累了,你们得帮一下忙才成。等会你们要看清楚,那脸朝南、腰间挂着白色带子的才是我。你们要帮我杀死那头没有系白带的牛。"说完,他又化作一头牛,再次投入了战斗。

由于李冰告知了他身上的标记,他的部下就拿着弓箭去射杀那头没带标记的牛。"杀死江神,杀死他!"百姓们被江神压迫得太久了,纷纷愤怒地呼喊着。武士们向没有标记的那头牛连连射箭,很快,作恶的江神便败下阵来。

李冰制服了江神,便命人在城西造了三个石人安置在江心,和江神约定:水涨不能淹没石人的肩头,水落不能低过石人的足背。接着,李冰带领百姓用竹片编成竹篓,里面装上石块,筑起一道百丈之长的大堰,堰的左右都有缺口,使江水分流。这就是后来举世闻名的都江堰工程。都江堰的建成,不仅解决了蜀郡常常洪水泛滥的问题,还可以灌溉十几个县三百多万亩的农田。从此,蜀地获得了"天府之国"的美称。